COLLECTION FOLIO

Jean Rouaud

La désincarnation

Édition revue

Gallimard

© Éditions Gallimard, 2001, et 2002 pour l'édition revue.

Jean Rouaud est né en 1952. Après la mort de son père en 1963, il est pensionnaire à Saint-Nazaire, expérience qui lui laisse un souvenir pesant. Après son baccalauréat, il fait des études de lettres, puis travaille à *Presse Océan*. Installé à Paris, il est employé dans une librairie avant de tenir un kiosque à journaux. Son premier roman, *Les Champs d'honneur*, obtient le prix Goncourt en 1990.

Pro domo
Alors plaidons. On ne fait pas ce grief aux peintres. On ne reproche pas à Cézanne d'avoir planté son chevalet à plus de cinquante reprises au pied de la montagne Sainte-Victoire, à Rembrandt et Van Gogh d'avoir inlassablement cherché toute leur vie à capter ce reflet d'eux-mêmes dans le miroir, à Monet d'avoir tenté de comprendre comment la lumière se joue des pierres de la façade de la cathédrale de Rouen jusqu'à la métamorphoser en une brume bleutée. On s'accorde au contraire à voir dans cet acharnement une volonté de réduire la part du mystère, un désir d'épuisement du sujet. Une obstination nécessaire à qui ne se contente pas d'un rapide survol des apparences. Que les auteurs remettent sur le métier un même motif, et on laissera entendre que c'est le symptôme d'une carence de l'imaginaire, que ça suffit comme ça, qu'on

en a les oreilles rebattues, des mêmes histoires. À Claude Simon il se trouva quelqu'un pour faire remarquer qu'après avoir raconté à trois reprises ce qui constitue la scène originelle de son œuvre, la débâcle du printemps Quarante et, par cet enregistrement d'un cavalier chargeant sabre au clair les parachutistes allemands, l'ultime soubresaut de cette idée chevaleresque de la France, il n'allait pas remettre ça, tout de même. Sous-entendu remettre ça, le roman, c'est-à-dire cette baderne, cette vieille scie. Hypothèse : *La Route des Flandres*, dernier avatar du roman de chevalerie, imaginons ensuite que roman et roman de chevalerie soit du pareil au même, « remettre ça » reviendrait à se demander : est-ce que le roman peut survivre à la mort du grand cheval, celui suffisamment robuste pour supporter le lourd équipement du chevalier ? Or sur ce point délicat la réponse de Claude Simon est sans appel, qui nous montre le capitaine de Reixach, ultime rejeton de cette tradition chevaleresque inadaptée à la modernité, fauché par la mitraille dans le soleil de juin : « homme, cheval et sabre s'écroulant d'une pièce sur le côté », ce qui, cette inscription funéraire, dit la fin de la France, c'est-à-dire de sa fiction fondatrice, et par là même la mort du roman. Alors qu'est-ce qu'il reste ? La langue romane. De sorte que Claude Simon put répondre qu'après l'écriture, il y a encore de l'écriture, et il remit ça, dans *Le Jardin des plantes*. Ces quatre versions accrochées aux cimaises d'un musée d'art contemporain, il sauterait aux yeux que le roman, comme le temps, est une question de ton et de point de vue, et que la mémoire est une fiction mouvante.

Fiction mouvante
Tous les magistrats en ont fait l'expérience et, par une fonction dérivée, les spectateurs des milliers de films et séries télévisées ayant pour décor une cour d'assises : deux témoignages de bonne foi peuvent raconter deux versions radicalement différentes d'un même fait. Et pas besoin pour éprouver la fragilité aléatoire de la mémoire d'avoir été le témoin d'une agression. Il m'est arrivé de citer Chateaubriand, j'aurais imprimé avec certitude sa phrase dans le ciment frais de Sunset Boulevard, à travers laquelle il évoque sa naissance tardive, imposée par la volonté de son père d'assurer sa descendance par un second fils, car la vie était fragile comme un souffle, alors. Grâce à quoi, entre les deux frères, on compte quatre filles, dont la gracile Lucile, la favorite, l'incestueuse de cœur

(ainsi le père terrible qui arpente la grande salle du château de Combourg se pose comme le véritable auteur des *Mémoires*). Je faisais dire au roi René, sans cesse remis à plus tard par les naissances féminines successives : Je répugnais à naître, j'avais déjà aversion pour la vie. Citation de bonne foi, qui peut-être même a été reprise et attribuée à notre Vicomte. Maintenant vérifions. *Mémoires d'outre-tombe*, le chapitre s'intitule : Naissance de mes frères et sœurs — Je viens au monde. On lit : « Je résistais, j'avais aversion pour la vie. » Alors, qui répugnait à naître ? De quelle naissance s'agit-il ? À quoi renvoie ce déjà qui implique une répétition du même et gangrène l'avenir ? La mémoire est facétieuse, elle ne nous parle jamais des tours qu'elle nous joue. Rappelons-nous encore l'incipit provocateur et naïf des *Confessions* : « Je forme une entreprise qui n'eut jamais d'exemple… » par quoi le Genevois ronchonneur s'engage à se montrer dans toute la vérité de la nature. C'est pourtant le même, quelques années plus tard, dans *Les Rêveries du promeneur solitaire*, qui s'étonne d'avoir été entraîné par le récit à dévoyer son intention initiale, son exigence de vérité, en réinventant par exemple l'épisode du ruban volé. « En m'épluchant avec plus de soin, je fus bien surpris du nombre de choses de mon invention que je me rappelais avoir dites comme vrai dans le même temps où, fier en moi-même de mon amour de la vérité, je lui sacrifiais ma sûreté, mes intérêts, ma personne. » Étonnement de Jean-Jacques devant la manifestation des forces centrifuges de l'écriture.

La force centrifuge
C'est ainsi, c'est le mouvement même de l'écriture. À peine avez-vous commencé une phrase qu'elle vous fait dire des choses que vous ne soupçonniez pas, qu'elle vous entraîne où vous ne pensiez pas, en des endroits dont vous ignoriez jusque-là l'existence. Vous écrivez une carte postale, par exemple, une simple carte postale de vacances, et voilà que vous affirmez que le ciel est bleu, au lieu qu'il vous suffirait de lever les yeux et vous pourriez noter qu'il s'agit plutôt d'un bleu laiteux, pour un peu, la couche de nuages qui diffuse une lumière nacrée risquerait même de tourner à la pluie, et la mer, présentée comme un parfait miroir du ciel, pas si calme que ça en fait, avec sa frise d'écume au sommet des vagues, et les vacances, à bien y réfléchir, pas idylliques, non plus, un peu ennuyeuses, et ce n'est pas par souci d'enjoliver

votre séjour, non, juste ce mouvement de l'écriture qui à peine se met-elle en marche produit de l'imaginaire comme une dynamo de l'énergie, s'essaie spontanément à la beauté, à cette recréation enchantée du monde. Sans doute le poids de la poésie, de cet enrôlement du langage dans les divisions poétiques, le tribut à payer à cette haute idée de la littérature qui serait la vraie vie. Ce qui vaut aussi, cette intimidation devant la chose écrite, pour un rapport d'activité. Le rapporteur, le soir, de retour à la maison, penché sur sa feuille ou face à son écran, qui, dès lors qu'il s'applique à enchaîner les phrases — car il s'applique, peine, trouve qu'écrire, ça ne va pas de soi —, va se comporter, oui, en poète, c'est-à-dire qu'il va dramatiser ou enjoliver, jouer les Cassandre ou les oiseaux de bon augure, et emporté par une sorte d'élan lyrique, se gonfler comme la voile du texte, se féliciter d'une formule, perdre pied avec le réel. Au point de s'étonner plus tard, de ne pas en revenir, quand, à partir de ce labeur d'écrivain, de ces quelques pages prises à la lettre, on s'appliquera à tirer les conclusions de son rapport. Non, mais attendez, ce n'est pas exactement ce que j'avais voulu dire, je ne proposais pas vraiment de mettre en congé forcé huit mille employés. Trop tard. On avait oublié de le prévenir. L'écriture, c'est pris très au sérieux. Lois, rapports, contrats, édits, traités, textes sacrés, c'est elle, au mot près, qui régit le monde. Exégèse et compagnie, interprétation au pied de la lettre, le diable gisant dans l'analyse de textes. Et le reste serait littérature ?

Le reste littérature
Si l'imaginaire s'engouffre à ce point dans le champ de l'écrit, c'est qu'il y a un espace béant entre le mot et la chose. Le mot a tellement pris l'habitude de se passer de ce qui le fait exister pour s'affirmer en soi, a tellement servi de leurre, de produit masquant — le concept masquant le réel —, qu'on oublie de lui demander des comptes : mais au fond, qu'est-ce que tu dis ? qu'est-ce que tu veux dire ? de quoi parles-tu ? à quoi renvoies-tu ? Comme si on craignait de paraître désobligeant. Car, depuis qu'il fait la loi, le mot en impose : triomphe de la pensée scientifique, invention du mot à vocation unique, parent de la formulation mathématique, débarrassé par la raison de son mystère sacré, de son pouvoir d'incarnation. Aux Lumières la connaissance, le mot juste et l'encyclopédie, à l'obscurantisme le charabia, la sensiblerie et le flou poétique, comme si

chaque mot par son accumulation stratigraphique de sens, par cette oxydation des siècles, n'était pas un monument de roublardise. Prenons le discours politique, qui a cet avantage d'être caricatural. Après s'être prononcé pour une société de justice, de liberté et de progrès — en quoi on ne trouvera pas grand monde pour s'opposer et réclamer l'injustice, l'aliénation et la régression —, on peut s'autoriser à faire tout le contraire et justifier l'injustifiable. Cela s'est pratiqué tout au long du XXe siècle. On peut de même avoir la larme à l'œil en évoquant la misère du monde et, une fois passé le gué du pouvoir, se sentir investi d'une tout autre mission qui est celle de la représentation, et pour laquelle, phénomène inverse, on tente de coller à l'idée qu'on se fait de la fonction. Comme s'il existait des mots pour de rire, des mots qui font comme et qui n'engagent à rien, des mots libres, comme on le disait, du temps où l'on se proposait de changer la vie, de certains produits, de certaines radios, quand personne n'était dupe de ce simulacre de liberté. La littérature se fait avec cette bimbeloterie. Réquisitionne cette pacotille dévaluée, la trempe dans un bain d'acide pour lui redonner le brillant d'un sou neuf. Écrire, c'est faire sonner chaque mot, à la manière dont mon père catapultait l'ongle de l'index sur le bord d'une assiette pour y déceler à l'oreille une éventuelle fêlure. Ne pas perdre de vue qu'on n'écrit jamais qu'avec des matériaux de récupération. La langue, c'est une décharge publique. Les mots sont de vieilles tuiles.

Vieilles tuiles
Vous écrivez ? D'emblée, vous appartenez à la famille des chiffonniers, récupérateurs, ferrailleurs. Vous en doutez ? Qu'est-ce qu'on demande à un dictionnaire sinon qu'il procède à un tri sélectif ? Car à moins d'un néologisme, dont on ne voudra à personne de ne pas abuser, inutile de prétendre faire du neuf, tout au plus s'appliquer à briquer, astiquer, agencer, utiliser à contre-emploi, oser un glissement de sens par quoi un foyer se prend pour toute la maison, marier la carpe et le lapin, prendre une vessie pour une lanterne, piocher, bonne pioche poétique, mauvaise pioche anecdotique, mais jouer avec les mots, non, ce n'est pas du jeu. Tous pipés. Quand un mot rend un son incertain, imprécis, ou quand il se présente trop spontanément pour n'avoir rien à cacher, ne pas hésiter à lui demander des comptes, des éclaircissements, voire son CV. Car après, une fois la chose posée, il est vain de protester : Ne

me faites pas dire ce que j'ai dit. Car, précisément, c'est dit. Prenez l'adjectif indescriptible qui accompagne souvent un désordre. Vous êtes écrivain, vous l'avez voulu, personne ne vous a forcé la main : alors, décrivez en quoi cela fait désordre. Et voilà qu'au moment de s'atteler à la tâche, de tenter une représentation du chaos vous semblez reculer devant la difficulté : trop compliqué, non, vraiment, ce désordre est, euh, indescriptible. Imagine-t-on un comptable s'arrêtant au milieu de son addition et concluant : incalculable ? Un plombier renonçant à raccorder deux tuyaux : injoignables ? Un puisatier chargé de mesurer la profondeur d'un puits : insondable ? Mais alors, improbable, est-ce à dire que vous allez devoir tout prouver ? Et plausible, que vous méritez d'être applaudi ? Et perfide, qui stigmatise étymologiquement celui qui viole sa foi ? Doit-on en déduire que Jésus était un Juif perfide ? Où l'on voit qu'on n'arrive pas aux mêmes conclusions que les textes sacrés qui, il n'y a pas si longtemps, faisaient autorité. Mais alors, qu'est-ce qu'un mot juste ? Lequel est en mesure de rendre un son clair ? Écrire non comme on entend mais comme on l'entend ? Une histoire d'oreille interne ? Comme un bonheur infini qui, à la lettre, ne veut pas dire grand-chose, mais qu'on élit parce qu'il s'achève dans la douceur du sourire des i ? Une respiration ?

« Si je me plains c'est encore une espèce de façon de chanter », écrivait, du Harar, Rimbaud à sa mère. Écrire comme ça nous chante ?

Comme ça nous chante
Ah le chant, cette tentation lyrique, cette onde radio qui a traversé les siècles, qui nous rappelle que l'épopée, le récit fabuleux des héros, s'accompagnait à la lyre, sorte d'opéra à une ou plusieurs voix, et sans doute moins dans une version concert, qui implique une écoute attentive, respectueuse, une distance entre les interprètes et les auditeurs, que dans une ambiance très cabaret, où l'on ne devait pas s'arrêter de banqueter, d'autant qu'Ulysse, on savait que ce serait un peu long, mais qu'en dépit de tous ces contretemps (Calypso, les Lotophages, les Cyclopes, les Sirènes), il finirait bien par retrouver Ithaque, et peut-être pas si pressé au fond, des traquenards-prétextes pour justifier auprès de sa Pénélope cette odyssée buissonnière, vingt ans pour l'achat d'une boîte d'allumettes d'époque. Et sans doute, cette façon de chanter les héros, la seule qui permette de les prendre un peu au sérieux, de leur accorder un crédit. Pas de héros sans la sacralisation du

chant, ce lien transcendant entre la terre et le ciel qui fait des héros des intermédiaires, des messagers sol-air, des cinquante-cinquante, littéralement des demi-dieux (terme préféré à demi-hommes, qui avait sans doute déjà un côté *untermenschen*), sorte de préfiguration de la double nature, en somme : suffisamment homme pour qu'en cet hybride on puisse se reconnaître mais avec une bonne dose de divin pour éviter toute confusion avec le commun des mortels. Car tout se joue sur cette fâcheuse question de la mort, là où le commun des mortels achoppe, selon cet axiome implacable : celui qui meurt est un homme mort. Les héros sont prévenus. Sans le chant qui s'élève (comme la fumée, l'autre ingrédient liturgique chargé de symboliser cette ascension, cette aspiration au divin), le héros est un type très ordinaire. Pas de quoi s'extasier, pas de quoi en faire une histoire qui retiendra l'attention des convives. Ulysse attaché au mât, comme une fusée sur son pas de tir, se perfuse au chant des sirènes. Les autres, à demi écroulés sur leur banc de nage, sont sourds, qui rament dos à la mort pour ne pas voir le gouffre. Chanter, c'est maintenir le héros en état d'apesanteur, c'est lui greffer des ailes aux pieds ou sur son casque. Si l'on tient à se reconnaître, à s'identifier, la recette est simple : arrêtons de chanter. Le héros tombe comme une pierre. Hum, pas si pressé. Il faudra longtemps au chant pour redescendre sur terre.

Descendre sur terre
Inverser le mouvement. Ce chant qui s'élève, se coupe de ses origines terrestres, s'autorise la fréquentation des plus hauts quartiers de l'imaginaire, qui s'affranchit des lois de la pesanteur et des contraintes réalistes, de même qu'un agonisant à l'opéra ne manque jamais de souffle pour annoncer qu'il meurt (pour mémoire, le magnifique « Alceste vous pleurez, Admète vous mourez », du duo Quinault-Lully), le contraindre, l'incurver, le forcer à regagner son aire d'envol, à s'intéresser à nous, à notre quotidien le plus terre à terre, à rendre compte de nos vies, le lier à notre sort, à nos amours, à nos chagrins, à nos espérances, à nos aspirations, à nos regrets, à la litanie de nos jours, à la difficulté d'être, au dur désir de durer. Ce qui implique de renoncer à ce rêve flaubertien d'« un livre sur rien, un livre sans attache extérieure, qui se tiendrait de lui-même par la seule force interne de son style », autrement dit, ce pur élan lyrique, une partition musicale, du lettrisme chantant, un concert d'onomatopées,

un rythme entraînant, quelque chose comme wap doo wap décliné sur trois cents pages, ce qui impliquerait de lire Flaubert en marquant du pied la mesure et en tapant dans ses mains. Or les mots ne sont pas des notes. Les mots nomment, désignent, dévoilent, parlent, font autorité, ont du sens. Un texte, ça dit. Et parfois même, ça nous cause. Alors, « À nous trois maintenant, dites franchement ce que vous pensez », demande le jeune Flaubert inquiet à ses amis Maxime Du Camp et Louis Bouilhet à qui il vient de lire de sa voix de géant nordique, quatre jours durant, à raison de huit heures par jour, de midi à quatre heures et de huit heures à minuit, en arpentant de long en large le salon de Croisset, en roulant des yeux, appuyant ses effets, multipliant les Oh et les Ah, sa mystérieuse *Tentation de saint Antoine*. « Un sujet où j'étais entièrement libre comme lyrisme, mouvements, désordonnements. Jamais je ne retrouverai des éperduments de style comme je m'en suis donné là pendant dix-huit grands mois. » Et Flaubert était tellement sûr de lui, de ses talents, de la justesse de ses conceptions artistiques et littéraires qu'il avait prévenu en agitant les feuillets de son manuscrit au-dessus de sa tête : « Si vous ne poussez pas des hurlements d'enthousiasme, c'est que rien n'est capable de vous émouvoir. » Alors, quatre jours plus tard, les deux amis ? Verdict ?

Verdict

Une histoire d'amitié. Sans elle, Flaubert eût remis sa *Tentation* sur l'établi, et, jamais satisfait, remanié encore et encore son texte, y ajoutant une image flamboyante par-ci, donnant un petit coup sur l'argenterie par-là, coupant, raturant, copiant, collant, surchargeant sa phrase d'effets sonores jusqu'à la rendre inaudible, y greffant une information nouvelle, une idée de raccroc, l'ouvrant pour des digressions à n'en plus finir, et s'étonnant au final que son conte boursouflé dont il espérait tout pour lui-même n'intéresse personne. Car ainsi qu'il l'écrit à la pauvre Louise qui attendait de son amant autre chose que des sentences : des perles ne font pas un collier. Et donc, il est permis d'en déduire que sans la rude franchise de deux amis convoqués par le fils bon à rien d'un célèbre chirurgien de Rouen, il n'y aurait pas eu *Madame Bovary*. Autrement dit, il nous faudrait imaginer la littérature sans Flaubert, qui eût fini seul, désabusé et misanthrope, dans son ermitage de Croisset. Ce qui reviendrait à modifier le cours des événements. Car sans Flaubert la littérature contemporaine ne serait pas ce qu'elle est. Et peut-être du coup le monde, car l'invention du réalisme objectif, c'est déjà un embryon d'idéologie. Donc la littérature eût été autre et les temps aussi. Mais inutile de se perdre dans des univers virtuels. Flaubert avait de bons amis. Et que dirent à leur ami Gustave Maxime Du Camp et Louis Bouilhet à l'issue de ce marathon de lecture au cours duquel ils avaient dû affronter les inquiétudes de madame mère qui, à chaque pause, sondait d'un « Eh bien » les deux auditeurs ? C'est le timide Bouilhet qui se lança : « Nous pensons qu'il faut jeter cela au feu et n'en jamais reparler. » Sur quoi, ajoute Du Camp, Flaubert fit un bond et poussa un cri d'horreur. Fions-nous à un autre témoignage plus tardif, mais le même bien sûr, lorsque le jeune Martin Scorsese présenta plein d'espoir son tout premier film à John Cassavetes, une œuvre de fin d'études dans laquelle il avait mis, comme Flaubert dans son conte, ce qu'il pensait être le meilleur de son talent. À la fin de la projection, John prit l'apprenti cinéaste dans ses bras et, lui tapotant l'épaule, avec ce petit rictus tendre et narquois qu'on lui connaît : Mon petit Marty, tu viens de passer un an de ta vie à faire de la merde. Ensuite, ce sera *Mean Streets*. Ensuite, ce sera la *Bovary*.

La *Bovary*
On verra plus tard. Remarquons d'abord que Maxime Du Camp et Louis Bouilhet, qui partageaient avec Flaubert la même passion de l'écriture, un même point de vue esthétique, qui laissèrent quelques ouvrages desquels on n'a retenu que ce qui pouvait nous renseigner sur leur illustre ami, qui sont, pour les flaubertiens du moins, aussi célèbres que le maître de Croisset, liés à vie à la genèse de son œuvre, auraient été depuis longtemps pilonnés par la postérité s'ils n'avaient eu ce talent, cet unique talent d'avoir croisé un jour ce jeune homme fou de littérature, dont l'emportement et l'ardeur juvéniles ressemblaient tellement à l'idée qu'ils se faisaient pour eux-mêmes d'un apprenti écrivain. On peut même penser que dans leurs échanges, où ils jouaient à être tous trois sur la même ligne, le plus prometteur, selon les canons du succès de l'époque, n'était sans doute pas celui qui fut retenu. Du temps qu'ils étudiaient le droit à Paris, Flaubert avait déjà convoqué Du Camp pour une première lecture de *Novembre,* un texte de jeunesse, et Maxime ayant estimé que ça ressemblait à Théophile Gautier, Gustave du haut de ses vingt et un ans lui avait répliqué, cinglant : «Tu

te trompes, ça ne ressemble à rien. » D'où l'on se dit que le même ne fut peut-être pas fâché d'entendre Bouilhet remettre à sa place le jeune matamore des lettres. C'est pourtant de ces deux-là, honnêtes servants, que dépend la suite, c'est-à-dire tout, c'est-à-dire le grand œuvre. Un temps, l'histoire de la littérature est suspendue au jugement de deux commis littéraires, comme si on avait attendu de Bouvard et de Pécuchet un rapport sur les dernières découvertes de Pasteur. Maintenant imaginons une susceptibilité ordinaire, du genre qui se bloque dès qu'on touche au texte et se raidit à la moindre remarque désobligeante, autrement dit un Flaubert du même calibre littéraire que ses amis. Après leur réception pour le moins mitigée de sa *Tentation,* il les eût traités de faux frères et renvoyés sur-le-champ : dehors les traîtres, allez vous déboucher les oreilles et le cerveau ailleurs. Et c'en était fini aussi de l'œuvre. Mais là, non. Pas de ces vanités outragées. Flaubert les écouta — en quoi il était déjà Flaubert, c'est-à-dire une fois dégrisé de ses « éperduments de style », lucide sur son travail — et remisa son manuscrit dans un tiroir. Et Du Camp : Ce Moyen-Orient de ton très saint Antoine, si on allait voir de plus près à quoi il ressemble ?

À quoi il ressemble
Convaincu, Flaubert, par ses deux amis, avec cet argument sans appel pour un aspirant à la reconnaissance littéraire : ce texte-là est impubliable. Même si, entre nous, « ç'a été légèrement jugé, je ne dis pas injustement mais légèrement ». C'est du moins ce qu'il laisse entendre à Pauvre Louise quelques mois plus tard, qui, elle, n'a rien trouvé à redire à la lecture de *La Tentation de saint Antoine,* s'étant montrée plutôt bon public, ce qui ragaillardit son amant, qui cette fois ne met pas en doute les qualités de jugement de sa maîtresse, au point qu'il lâche avec une pointe de dépit que « les amis n'ont pas voulu voir tout ce qu'il y avait là ». Ce qui est vrai. Ils n'ont pas cru Flaubert quand il leur expliquait que saint Antoine, c'était lui, déjà, première de ses multiples incarnations, à quoi il fallait comprendre que le paradoxe, c'est bon pour le comédien, mais qu'un romancier, il vaut mieux qu'il ne prenne pas trop de haut ses personnages, qu'il les serre au plus près, voire qu'il les accompagne dans leur descente aux enfers, et puis que de toute façon un roman, c'est d'abord une histoire de style et que le style, à chaque mot, c'est lui, tout lui. Ils ont cru qu'à son habitude

il en faisait trop, que tous ses mirages orientaux lui avaient tourné la tête, et pour qu'il en prenne de la graine n'ont rien trouvé de mieux que de l'envoyer en Égypte pour voir si son saint Antoine y était toujours. Avec cette recommandation de Bouilhet qui lui, l'impécunieux du trio, obligé de donner des cours pour survivre, ne serait pas du voyage, de choisir de préférence, la prochaine fois, un sujet « terre à terre », à la Balzac, une scène de la vie de province, ce que l'on pourrait traduire par : atterris, mon vieux, suggérant même : « Pourquoi n'écrirais-tu pas l'histoire de Delaunay ? » Ou plutôt de Mme Delaunay, cette femme d'un officier de santé de la région rouennaise, accablée de dettes, battue par ses amants, et qui finit par s'empoisonner, causant le désespoir de son mari qui ne tarde pas à l'imiter. Ce qui revient à proposer à un cheval ailé de s'atteler à une charrue, mais l'idée fait son chemin. Au Caire on en discute encore, où Flaubert s'ennuie, ne prenant même pas de notes (pour écrire son *Voyage en Orient* il empruntera celles de Du Camp). À présent qu'il a succombé à la tentation dans les bras de Kuchuk-Hanem, qu'il en a soupé du désert et des promenades en chameau, ce serait peut-être le moment de revoir sa Normandie.

La Normandie

Autrement dit tout ce que Flaubert déteste, tout ce qui lui sort par les yeux et qu'il a cherché à fuir dans ses mirages orientaux. C'est donc, au retour d'Égypte, une sorte de saint Antoine dégrisé qui va s'attaquer au chantier de *Madame Bovary*. La méthode, elle, ne varie pas, religieuse, toujours, trappiste, ce qui implique d'éprouver dans un même mouvement la tentation et son renoncement, l'exaltation et l'abattement, l'ivresse d'une trouvaille et la gueule de bois d'un mauvais paragraphe, la certitude du chef-d'œuvre qui lève au bout de la plume et le doute terrassant et humiliant d'avoir quelque chose à faire en littérature, balancements dont aura à se plaindre Pauvre Louise à laquelle il préférera toujours la fin du chapitre à écrire, remettant à la semaine suivante le rendez-vous fiévreux qu'il lui promet mais qui devra être à son tour repoussé pour cause de panne de texte, d'une phrase qui ne sonne pas comme il voudrait, d'un doublon repéré à dix lignes d'intervalle, ce qui finit par exaspérer Mme Colet au point qu'elle lui lança un jour à la tête une bûche enflammée. Seulement voilà : « J'aime mon travail d'un amour frénétique et perverti comme un ascète le cilice. » Ce qui, de fait, laisse peu de place pour le reste qui est aussi la vie. Mais en attendant, l'appontement sur le réel pour ce fou de lyrisme s'avère une rude épreuve. Remplacer l'ardent soleil et le ciel outremer par la pluie et les nuages bas, la caravane de dromadaires par les comices agricoles, la reine de Saba par une fille de province et les hautes aspirations de l'anachorète par les rêves terre à terre d'une aspirante à la petite-bourgeoisie. Pas commode quand on est « épris de gueulades, de lyrisme, de grands vols d'aigle, de toutes les sonorités de la phrase et des sommets de l'idée ». Voudrait-on s'en convaincre, il suffirait de se rappeler ce fantastique imbécile et néanmoins pharmacien pour comprendre l'extraordinaire ascèse que nécessite cette restitution minutieuse d'un des tristes fleurons de la condition humaine. Problématique que l'ermite de Croisset résume crûment : « Mais comment faire du dialogue trivial qui soit bien écrit ? Il le faut pourtant, il le faut. » C'est même la condition *sine qua non* si l'on veut s'opérer « du cancer du lyrisme ». Est-ce à dire, cette contrainte qui impose d'écrire en renonçant à ses penchants littéraires, que le talent, ce serait d'aller contre son talent ?

Le talent

Soit un présupposé, une estimation à vue de nez de ses capacités créatrices, une peut-être vue de l'esprit, ne reposant sur rien de bien sérieux, que sur le vague sentiment d'un potentiel en soi, de quelque chose à donner, mais on ne sait trop quoi, que l'on sent, ou plutôt que l'on croit sentir, s'appuyant, ce présupposé, sur, par exemple, une propension qui semble innée au lyrisme, un goût pour le chant, un vertige, mais dans quelle mesure réel ou feint, difficile de cerner le vrai du toc, sinon qu'on l'éprouve sitôt qu'on s'aventure dans les parages du verbe, lequel vertige peut très bien correspondre tout bêtement à ce que Hannah Arendt appelle la parole euphorisante, donc une ivresse, donc une illusion. Car Eichmann, pour qui elle invente la formule au cours du fameux procès de Jérusalem, Eichmann poète, cela se saurait. On sait aussi que ça existe, se monter la tête comme on monte des blancs en neige. Donc, au départ, avant même de se lancer — et d'ailleurs sans quoi on ne se lance pas — une conscience nette et floue, un pari sur la virtualité, le sentiment, l'impression de quelque chose à faire, et si possible à bien faire. Quoi ? On n'en sait trop rien pour le moment. C'est ce jeune homme de Dublin passant sans payer devant la caisse d'un cinéma et annonçant : « Je suis James Joyce. » Or un James Joyce de dix-huit ans, on n'en voudra pas à l'employé de ne pas saisir sur le coup que c'est la modernité littéraire qui refuse d'acquitter sa place, en quoi d'ailleurs il ne verrait pas le rapport. Mais ce qui peut très bien, ce type de comportement, vous conduire assez vite en asile psychiatrique. Car après tout, lancer je suis James Joyce ou se prendre pour Napoléon, la différence n'est peut-être pas si grande. Sinon que l'un choisit une valeur sûre mais déjà attribuée, ce qui fait qu'on ne le prendra pas au sérieux (il se trouvera toujours un spécialiste de *Questions pour un champion* pour annoncer doctement que ce n'est pas possible puisque Napoléon est mort à Sainte-Hélène et que son fils Léon, etc.), et que l'autre se prend pour quelqu'un qui apparemment n'existe pas, James qui ? Non, ça ne me dit rien, de sorte que, celui-là, on sait ce qui l'attend : au mieux un doigt sur la tempe, suivi d'un avertissement du style « ça lui passera avec l'âge ». Mais quand ça ne passe pas, pour qui se prend-on ? Car le symptôme est bien celui-là : se prendre pour.

Se prendre pour
Flaubert, par exemple. Or celui-là dont nous suivons la passionnante mise en place d'un art poétique tout au long de sa correspondance avec Louise Colet n'est pas Flaubert. Il s'agit d'un grand garçon un peu lourd, fils d'un célèbre chirurgien de Rouen et habitant avec sa mère une maison sur les bords de la Seine, à Croisset, et dont on doute qu'il fasse jamais quelque chose de sa vie après avoir renoncé à des études de droit pour cause d'éblouissement — on le soupçonnerait presque d'avoir pris le prétexte d'une crise d'épilepsie pour tout laisser tomber. C'est même ce qui lui permettra de mener à bien son œuvre, car on ne l'imagine pas entre deux actes notariés griffonnant, après un premier succès, *La Fille de madame B.* Nous parlons bien du même, bien sûr, mais dire que celui-là c'est Flaubert, vous allez un peu vite en besogne. Pour l'instant, il n'a rien publié, et on ne reprochera pas à ses deux amis de lui avoir prudemment déconseillé de le faire, en admettant qu'il se fût trouvé un éditeur pour accepter sa *Tentation de saint Antoine*. Ce qui n'annonce rien de bon, c'est que ce texte auquel il tient tant, il l'a travaillé, retravaillé, il y a mis le meilleur de lui-même, ses aspirations les plus hautes, l'idée même qu'il se fait d'une prose poétique, et pour un résultat qui, à l'écoute, dans le gueu-

loir, ce salon-studio que le grand garçon aux allures de Viking arpente de long en large en vociférant ses phrases, s'est révélé pour le moins décevant. Et si dans la marge du manuscrit un professeur en postérité littéraire avait écrit : écrivain travailleur mais ne pourra pas mieux faire, sur le moment, on n'eût rien trouvé à redire à la désobligeante remarque. Du coup, pourquoi devrions-nous faire confiance à celui-là qui se permet au sortir d'un échec aussi cuisant de donner des leçons de littérature à sa maîtresse, d'asséner des sentences sans appel sur l'art et la création littéraire — Ce que l'on dit n'est rien, la façon dont on dit est tout — Une œuvre d'art qui cherche à prouver quelque chose est nulle par cela seul — Quel que soit le sujet d'un livre, il est bon s'il permet de parler une belle langue — ? On serait en droit de le renvoyer à ses études. Pour l'heure, et c'est une heure longue des cinq années de la lente maturation de *Madame Bovary,* Flaubert, même si pour l'état civil il se présente comme un dénommé Gustave Flaubert, Flaubert n'existe pas. Alors d'où lui vient cette assurance ?

Assurance

Normalement aucune. Qu'est-ce qui peut assurer qu'on a quelque chose à faire dans cette histoire littéraire ? Rien. Pas d'autre choix que de faire ses preuves, c'est-à-dire apporter des preuves de ce qu'on avance pour soi seul, se lancer, confronter l'idée qu'on se fait de ses talents avec le jugement d'autrui. Il y aurait donc une autorité ? Pas d'autorité, c'est l'œuvre qui fera ou non autorité, qui imposera ou non son univers poétique, sa vision du monde. Valeur du jugement ? Fluctuante, aléatoire. D'autant qu'en dépit d'une tenace idée reçue toute romantique, les contemporains ne passent pas toujours à côté, se montrant souvent plus pénétrants que leurs successeurs. Bach, Vermeer, Georges de La Tour, reconnus en leur temps puis oubliés, puis repêchés avant d'être salués unanimement. Définitivement ? Le plus célèbre des auteurs dramatiques au XVIIᵉ siècle ? Corneille, mais pas celui qu'on croit, l'autre, son frère, Thomas. Alors, cette assurance ? Un formidable chantage à la postérité ? Non pas « Je sais ce que je vaux et crois ce qu'on m'en dit », comme le héros cornélien (Pierre, cette fois), mais : je sais ce que je vaux et comme on ne m'en dit rien, je ne vous dis que ça. Rien à discuter, en somme. Mais pourquoi celui-là devrait-on le croire sur parole ? Et sur sa parole, en plus, dont on sait qu'elle ne vaut pas plus que sa formulation, puisqu'elle n'est pas cotée et s'échangerait contre de la monnaie de singe, n'étant adossée à rien de consistant ou de convaincant. D'ailleurs Du Camp et Bouilhet ne se sont pas laissé impressionner par les rodomontades littéraires de leur ami. Sa *Tentation* ? Au rebut. D'autres auraient estimé que ça suffit comme ça. Pas Flaubert, qui aborde maintenant la trentaine, n'a encore rien fait de sa vie et est considéré par ses proches comme un bel exemple de ratage. N'importe, le même qui a été sèchement rabroué s'autorise pourtant à corriger Pauvre Louise qui lui envoie, à lui qui n'est rien, quand elle compte parmi ses relations Hugo et Vigny, ses essais poétiques, qu'il annote avec la sévérité d'un instituteur pointilleux — ce qui est d'autant plus curieux que Bouilhet prétendait qu'il y avait une quasi-incompatibilité entre Flaubert et la poésie, qu'il n'avait pas d'oreille —, ou plutôt comme une petite fille faisant la classe à ses poupées et reproduisant mimétiquement les remontrances du maître à son endroit, comme une petite fille modèle.

Petite fille modèle

Flaubert ? Oui, appliqué, convenu, littérairement correct, terrorisant Pauvre Louise, qu'il reprend avec la véhémence d'une Mme Ficcini, la marâtre de la malheureuse Sophie. Ainsi quand la par lui dénommée Muse lui soumet un long poème en vers, intitulé « Hugo » (tiens, comme Victor, est-ce pour piquer son amant ? est-ce la raison de l'acharnement avec lequel il va le mettre en pièces ?), Gustave voit rouge. D'entrée de jeu : « Je n'aime pas les six premiers vers. » Après quoi, la bave aux lèvres et le crayon vengeur, il égrène les remarques assassines de professeur aigri : « lourd », « vague d'expression », « rime commune », « encore une tête, c'est trop de têtes », « atroce de tournure », « deux bons vers si ce n'est conquis qui est banal », « deux idées, une aurait suffi », « fin du couplet bien pâteuse », « mauvaises épithètes », « l'idée n'est pas nette ». Mais que Pauvre Louise, après ces coups à répétition sur la tête, garde le moral. « Quoi qu'il en soit, il y a du bon dans cette pièce », conclut-il. À noter que quand il corrige les vers de Bouilhet, qui ne volent pas plus haut, Gustave s'extasie : « C'est l'heure du soleil et du calme étouffant », lui arrachant même un « hum hum » pâmé. Alors ? Mauvais maître, mauvais élève, mauvais goût, mauvais début, comment devient-on Flaubert ? On sait en revanche comment l'on devient Maxime Du Camp, homme de lettres, qui publie ses récits de voyage, une pièce de vers, se passionne pour la modernité, s'oblige à écrire, passage obligé, quelques romans, occupe une position importante dans la critique, dirige une revue littéraire, la *Revue de Paris,* puis collabore à *La Revue des Deux-Mondes,* ce qui lui vaudra d'être élu à l'Académie française au fauteuil de Saint-René Taillandier (de qui ? non, ce n'est rien, continuons), doté d'un solide carnet d'adresses qu'il sait utiliser le moment venu, et pour toutes ces raisons, bientôt exami, après qu'il eut reçu une lettre cinglante du Sire triste de Croisset qu'il avait invité à suivre ses conseils : « Tous ces mots, se dépêcher, c'est le moment, il est temps, place prise, sont pour moi un vocabulaire vide de sens. Comprends pas. » Et plus loin, comme on coupe les ponts : « Périssent les États-Unis plutôt qu'un principe. Que je crève comme un chien plutôt que de hâter d'une seconde ma phrase qui n'est pas mûre. » Cela s'appelle l'exigence.

L'exigence

C'est bien le moins, dira-t-on, évidente, nécessaire. D'ailleurs Flaubert, volontiers sentencieux, se plaît dans sa correspondance à citer Goethe : « Quel est ton devoir ? l'exigence de chaque jour. » Défense et illustration du côté de Croisset, quand les mariniers repéraient jusque tard dans la nuit cette lumière insistante à la fenêtre de la maison bâtie au bord du fleuve. Ce qui se traduit par des heures à ruminer la phrase, des clous qui poussent sur le front pour une scène qui se refuse, des phases d'accablement devant la médiocrité du travail fourni où l'auteur stigmatisé tombe d'épuisement sur son divan, et « y reste hébété dans un marais intérieur d'ennui ». Avec l'exigence, on ne plaisante pas, c'est même sa spécialité. Même si Du Camp raconte que le jeune Flaubert, avant son attaque nerveuse, était prolixe, ayant écrit *Novembre* en deux mois, par exemple, un livre à peine moins long que *Bouvard et Pécuchet* demeuré inachevé et qui lui prit cinq ans. De quoi subodorer que l'exigence a aussi à voir avec une certaine qualité de rétention, même si cette prose au compte-gouttes n'est pas l'assurance de l'expression d'un talent. Mais Goethe plus Flaubert, l'affaire paraît entendue. Hum. Ne nous emballons pas. Ce qui fait douter de son caractère essentiel, c'est cette insistance des créateurs de tous bords à la revendiquer à tout bout de champ comme une preuve d'excellence, une grille *sine qua non* de lecture, au point qu'elle finit par ressembler au bon sens de Descartes, à savoir la chose du monde la mieux partagée. Ciel, aurait-on à craindre un nivellement par le haut ? Si l'on considère les résultats, le danger ne paraît pas réel. À se demander même si on n'en fait pas un peu trop, et si cette exigence encore et encore mise en avant ne servirait pas de critère absolu, interdisant tout commentaire autre qu'un propos en miroir, du genre : nous sommes devant un travail exigeant, à quoi l'on ne peut que surenchérir : pour être exigeant c'est exigeant, de sorte que l'exigence fonctionnerait comme un missile antimissile, et dissimulerait ainsi une forme d'autocomplaisance, un complexe narcissique, la peur de toute remarque, une manière de rejet de l'autre. Très loin de l'*amor mundi*. Très loin de la partie de plaisir. Le travail érigé en vertu, l'ascèse en principe esthétique. La sueur et le cilice. Les moines sont à l'ouvrage. Donc un labeur de copiste ?

Copiste
Flaubert connaissait le danger de cet acharnement buté, le nez au ras de la feuille, l'exigence en guise d'œillère. Au point de s'autoparodier, de nous mettre en garde dans son testament littéraire. Copiste, c'est justement le destin qu'il réservait à ses Laurel et Hardy du boulevard Bourdon, très honnêtes éponges de la pensée naissante du tout-scientifique, enregistrant les informations comme des cellules folles, déprogrammées, où le cerveau fonctionne comme un disque dur avec sa capacité de stockage, deux bonnes volontés d'un monde de l'esprit ouvert à tous les vents depuis que le Paraclet a déserté les lieux, ce qui oblige, ce vide, à un remplissage permanent, nos deux greffiers boulimiques passant du jardinage à l'agronomie, de la chimie à la médecine, de la physique à la métaphysique, de l'histoire des religions à la philosophie, candidats potentiels à tous les jeux faisant appel à un savoir pique-assiette, véritables inventeurs du Trivial Pursuit, c'est-à-dire dépositaires d'une culture en paillettes, dont au fond on ne sait que faire, n'apportant rien, ni réflexion ni sens, et qui ne trouve sa justification que dans ces recyclages radiotélévisés. Car les candidats les plus forts devront s'incliner : la finale toutes catégories, toutes époques confondues, de *Questions pour un*

champion opposera Bouvard à Pécuchet. Admirables copistes des nouveaux canons de la modernité, où science et conscience sont fondues confondues. Rien qu'à copier, disent les enfants, plus rien d'autre qu'à copier — le monde, les apparences —, à faire semblant, à faire ressemblant. Alors comment échapper à cet avenir de moine enlumineur ? Car un copiste, en répliquant de l'esprit, dont l'exigence est d'autant plus forte qu'il tend à ne plus faire qu'un avec son modèle (l'exigence, c'est copier le modèle), est tout sauf libre, puisque condamné à produire du même. Témoin ce faussaire vaniteux qui se vantait que son trait était plus sûr que celui de Matisse, nous expliquant que le trait de Matisse tâtonnait, tremblait tandis qu'il cherchait son chemin dans le blanc de la feuille. Au lieu que lui d'une main ferme refaisait à l'identique le doux visage de l'égérie matissienne. Il s'appelait, mais au fait il ne sert à rien de retenir le nom de celui qui suivait à la loupe le tracé miraculeux. Il s'appelait Canon ou Rank Xerox. Il était l'âne portant les reliques. Alors, comment se fait l'original ?

L'original

C'est un original, dit le jugement populaire, sous-entendu quelqu'un qui n'est pas comme tout le monde. Autant dire qu'à celui-là on ne pourra pas reprocher de ne faire rien qu'à copier. Un original, Flaubert ? L'idiot de la famille qui répétait à tout bout de champ « c'est énorme » ?, qui au cours de son voyage en Orient ne ratait pas une occasion de ramener à sa table d'authentiques cinglés, ou en Bretagne de se lier avec le propriétaire d'un mouton à cinq pattes ? un collectionneur d'insolites ? Ce que racontent sa *Tentation* et le Barnum Circus qui défile devant saint Antoine, et sa compilation des conjectures farfelues sur les alignements de Carnac, ou les traités de chasse qui gonflent la prose de *Saint Julien,* et ce qui constituera le fonds de *Bouvard et Pécuchet*. Peut-être même accompagnait-on le qualificatif d'un index vissé sur la tempe. Vieux garçon retiré très tôt auprès de sa mère, décompressant dans des soirées mondaines où déguisé en femme il se livrait à un numéro de danse du ventre inspiré de ses nuits orientales, tenant des propos graveleux et des discours dignes de son célèbre pharmacien, les frères Goncourt, scandaliers cachottiers de la vie parisienne, bien qu'officiellement amis, dans leur journal ne le ratent pas. Eux savent se tenir. Et comme se tenir, c'est faire ce qu'attend l'autre, difficile d'en espérer du nouveau : c'est le triomphe du pareil au même. Garçon, la même chose. Ce fut évidemment le conseil de Bouilhet et Du Camp à leur ami Gustave après la lecture fiasco de sa *Tentation*. Que lui recommandent-ils ? De renoncer à sa rêverie et de faire du Balzac, un roman à la Balzac. Flaubert s'insurge : déjà fait, non ? Alors à quoi bon remettre ça. Et en moins bien, forcément. Ou en mieux, selon les critères du faussaire de Matisse, puisque le tremblé de l'aventure de la création s'efface au profit d'une cartographie précise dont toute *terra incognita* a disparu. Mais entendu, va pour une scène de la vie de province. Et c'est contraint et forcé que Flaubert s'embarque dans l'imaginaire fiévreux de l'épouse d'un médecin de campagne. Pas question pour autant d'une reddition littéraire. Un sujet imposé, on peut toujours le gauchir. Son idée ? un greffon entre le récit réaliste et son idéal de prose poétique. Il est même conscient du danger de cet hybride chirurgical. Avant même de se lancer il lui a déjà donné un nom : du Balzac chateaubrianisé.

Balzac chateaubrianisé

Le procédé est simple. Vous écrivez un récit à la Balzac et, comme le chemin est désormais bien balisé, intrigues, personnages, descriptions, le gros du travail ayant été fait, il ne reste plus qu'à soigner la forme, à faire des mines. Car à votre flaubertien avis, et vous n'êtes pas le seul à le penser, Balzac, c'est impressionnant bien sûr, tout l'état civil dans un roman, mais le style, disons-le tout net, n'est pas à la hauteur : bâclé, ampoulé, lourd. On doit pouvoir faire mieux. Puisqu'un récit n'est qu'une question de forme, peu importe la médiocrité du sujet, c'est du style que viendra le salut. Comment ? En conservant le récit balzacien et en empruntant, par exemple, au cher Vicomte ses longues phrases soignées, ciselées, poétiques. Et le tour est joué. Vous imaginez ? Le problème, c'est que tout le monde imagine. Bouilhet ferait ça très bien, mais il ne supporte pas d'écrire en prose. Ou Pauvre Louise, encore qu'elle ne comprenne pas l'intérêt de ce genre de casse-tête esthétique. Et bien entendu le faussaire de Matisse. Et tous les bataillons de copistes enlumineurs. C'était même, ce bricolage préindustriel, dans la querelle des Anciens et des Modernes qui agita les esprits à la fin du XVIIe, précisément la thèse des seconds. On prend un texte ancien, on le poudre, on l'embellit, on lui redonne un peu de lustre, et tout de suite cette drachme antique brille comme un sou neuf. Fontenelle résumant ainsi la pensée de son clan : « Nous autres Modernes, nous sommes supérieurs aux Anciens, car montés sur leurs épaules, nous voyons plus loin qu'eux. » Autrement dit, je place un grain de sable sur la pyramide à degrés de Saqqarah et je suis plus grand qu'Imhotep. Parmi les Modernes, on retiendra l'illustre Lamotte-Houdar qui entreprit de traduire Homère avec le but déclaré d'« améliorer » le poème antique. C'est que notre Grec non seulement n'y voyait rien, mais il n'avait qu'une connaissance imparfaite de son temps. Heureusement Lamotte-Houdar vint. Flaubert est prévenu. *Madame Bovary* va se jouer à pas grand-chose. Qu'avec son idéal de prose poétique il tombe dans les travers d'un Balzac chateaubrianisé et sa chère Emma ressemblera à un vulgaire chromo, à une belle Hélène lamotte-houdarisée. Il va falloir se méfier des « éperduments ». « J'entrevois des difficultés de style qui m'épouvantent », confie Flaubert. Horreur, du réalisme gothique ?

Réalisme gothique

Gothique, ou ce qu'on voudra. L'épouvante, pour Flaubert, c'est le réalisme nu, cette fonction quasi photographique qu'on assignerait dorénavant au roman, empêchant toute échappée poétique, étouffant toute propension au lyrisme, évacuant toute réflexion sur la forme, condamnant l'écriture à n'être qu'un miroir tendu dans lequel viendrait se refléter automatiquement, égal à lui-même, copie conforme, le monde. La photographie, justement. Comme un fait exprès, ses débuts sont contemporains de l'invention du réalisme et de la prise de pouvoir par la bourgeoisie. On aurait eu pourtant les moyens d'en découvrir les procédés quelques dizaines d'années plus tôt. Tous les éléments de chimie et d'optique nécessaires à sa conception étaient connus. D'ailleurs Niepce n'est plus un jeune homme quand il réalise le premier cliché de l'histoire, une vue de sa volière prise de la fenêtre de sa chambre à Chalon-sur-Saône, alors qu'il pense depuis plus de trente ans à fixer les images. Mais au siècle précédent on se préoccupait essentiellement des Lumières de l'esprit. Le monde n'était qu'un mauvais brouillon qu'il allait falloir remettre au propre. Tel qu'il était, il n'intéressait pas. La nature, c'était d'abord une affaire de sentiment, elle devait se plier aux états d'âme de son contemplateur. À quoi bon lui tendre un miroir ? Le monde futur ? On en tirait les plans. À inventer. Alors qu'est-ce que c'est soudain, en plein triomphe romantique, cet intérêt pour le réel, et puis cette bifurcation, cette fission froide : l'utopie avec Fourier, Enfantin et les saint-simoniens qui ne renoncent pas à changer la vie, et ce principe de réalité, cet ici et maintenant, qui guide les gens d'affaires ? Pour ceux-là, pas de petits profits, autant dire l'art du détail. Niepce, après avoir réalisé son premier « point de vue » : « L'image des objets s'y trouve représentée avec une netteté, une fidélité étonnantes jusqu'à ses moindres détails. » Le réel est saisi, annexé. Toute représentation sera désormais confrontée à sa preuve photographique, scientifique. Toute création jugée à cette aune. Où va bien pouvoir se nicher la poésie ? Les photographes contemporains de Flaubert s'en inquiètent, qui retouchent leurs épreuves pour rivaliser avec les peintres. Alors pensez, avec la campagne normande, humide et boueuse, un pharmacien stupide, un médecin idiot, une femme rêveuse, allez donc faire de l'art.

Faire de l'art

Bien sûr, Flaubert ne pense qu'à ça. Ça ? Le ça qui constitue, selon Freud, le pôle pulsionnel de la personnalité ? le réservoir premier de l'énergie psychique ? Disons que pour l'ermite de Croisset dont le moi se dit « né lyrique » et dont le surmoi s'applique à dominer ses passions (Du Camp s'étonnant de la vie chaste de son ami), l'« artiste doit être dans son œuvre comme Dieu dans sa Création, invisible et tout-puissant, qu'on le sente partout mais qu'on ne le voie pas ». Comme Dieu, rien que ça. Dit comme ça, ça n'est pas rien, le « culte de l'art ». Et ça consiste en quoi ? À « faire rêver » et à « viser au beau ». Là, ça ne vole pas haut. Mais ce sont les réponses du temps. Alors que voler haut, c'est justement toute l'ambition de Flaubert. Adolescent il passait de longues heures dans les clochers d'églises, appuyé sur le parapet. « Montez n'importe où, pourvu que vous montiez haut, et vous découvrirez des perspectives démesurées aux paysages les plus plats. » Donner du relief à une histoire banale, ce serait donc une question de « point de vue », pour adopter la terminologie de Niepce, et du coup, l'écriture de *Madame Bovary* une histoire de focale. Ainsi, alors qu'il pérégrine à pied en Bretagne avec Du Camp, photographe amateur, mais qui n'emportera son matériel que pour son voyage au Moyen-Orient, lequel à cette époque était lourd et fragile (fioles de verre, flacons de cristal, bassines de porcelaine, « je fis faire des écrins comme pour les diamants de la couronne »), exigeait une grande adresse de main, deux minutes de pose et « quarante minutes pour mener une épreuve négative à résultat complet ». Le petit oiseau mettait longtemps à sortir. Flaubert en profite, qui se sentira dispensé de remplir ses carnets en Égypte puisque Maxime saisit tout ce qui ne bouge pas. Grimpant selon son habitude à la plus haute tour de Saint-Malo, il note : « Les aigles doivent nous voir gros comme des fourmis. » Le point de vue de l'aigle et l'observation des fourmis. Traduction en clair pour Pauvre Louise : « Il y a en moi littérairement parlant deux bonshommes distincts : un qui est épris de gueulades, de lyrisme, de grands vols d'aigle, un autre qui fouille le vrai tant qu'il peut, qui aime à accuser le petit fait aussi puissamment que le grand, qui voudrait vous faire sentir presque matériellement les choses qu'il reproduit. » Reste maintenant à passer aux travaux appliqués.

Travaux appliqués

Car Flaubert s'applique. Il n'est pas le seul, bien sûr, les auteurs tirent tous plus ou moins la langue, mais d'appliqué, s'il fallait n'en retenir qu'un, ce serait évidemment celui-là. Ce qui veut dire qu'il s'applique à bien voir, du moins à bien restituer ce qu'il fait semblant de voir puisque de ses propos nous retenons qu'écrire est une question de point de vue. À noter que Flaubert est myope, bien qu'aucun portrait, aucune photographie ne le représente avec des lunettes. Et pour cause. Le myope, pour ce travail de scribe méticuleux qui nécessite une vue rapprochée, se passe très bien de lunettes. Et donc du monde. Sa documentation ? Flaubert la prend dans les livres, des milliers d'ouvrages pour *Salammbô, Saint Antoine, Saint Julien, Hérodias, Bouvard et Pécuchet*. À quoi bon voir clair au-delà de la page imprimée ? Gautier aussi était myope, et Zola, qui pour compenser faisait des enquêtes minutieuses et s'ingéniait à mettre de la netteté partout, oubliant que le monde, pour la littérature, c'est la poésie (son contemporain Verlaine faisant, lui, l'éloge du flou et de l'imprécision). Un point de vue, c'est tout. Avec même cet avantage que, l'âge venant, le regard du myope se moque de la presbytie. Mais authentiquement myope, Flaubert. D'où évidemment : l'aigle et la fourmi, c'est-à-dire les vols planants de l'imaginaire et l'observation de l'entomologiste, Cyrano de Bergerac, qui au XVIIᵉ siècle inventait de s'élever jusqu'à la lune avec ses fioles de rosée, et Jean Henri Fabre, contemporain, à deux ans près, de Flaubert, le naturaliste poète. Le myope ne connaît rien d'autre. Et certainement pas le moyen terme. D'où ces romans où alternent les focales longue et courte, rêverie et réalité : *Saint Antoine, Madame Bovary, Salammbô, L'Éducation sentimentale*. Car lorsqu'il évoque les grands vols d'aigle, il ne s'agit pas pour lui d'emprunter au rapace sa vue perçante. Ce point de vue est d'abord une question de distance hautaine qui permet à l'imaginaire et au lyrisme, libérés de la pesanteur, de souffler. Comme l'esprit. Et pour bien faire passer qu'il ne s'agit pas d'un point de vue voyeur, Flaubert place Emma et son amant dans un fiacre que nous suivrons de loin. À nous de voir à partir de ce que nous savons des possibles entre un homme et une femme. Flaubert nous renvoie à notre propre voyeurisme, et concrètement Pauvre Louise à ses illusions. Mais l'étude des fourmis ?

Étude des fourmis

Quand on a épuisé son réservoir de rêveries de haut vol et que deux amis nous somment d'atterrir, le plus simple, une fois le nez dans l'herbe, c'est effectivement de se livrer à une observation attentive de cette vie microcosmique. Ce qui donne les *Souvenirs entomologiques,* bien sûr, mais on peut aussi se pencher comme le vieux Jean-Jacques, autre myope fameux, au-dessus d'une petite fleur bleue en bordure du chemin, identifier une pervenche et entreprendre instantanément un voyage en arrière vers le beau temps perdu des Charmettes et de la bonne Mme de Warens. Mais Flaubert, qui se définit comme un vieux fossile romantique, est sous haute surveillance. Cette fois, plus question d'évasion. L'heure est au réalisme. Un roman « à la Balzac », a commandé Bouilhet qui considère que la prose, c'est bon pour les bourgeois, à quoi il ne condescendra jamais, mais pour son ami Gustave qu'il juge inapte à la poésie il semble qu'il n'y ait pas d'autre voie. Il va falloir s'y tenir. Fini les miroirs qui parlent ou que l'on traverse. Un miroir, ça ne réfléchit pas autrement qu'à l'identique. La photographie a imposé ses canons. Elle a déjà mis les peintres de portrait au chômage. Question de prix. Trop chère, la toile, ses repentirs, son résultat approchant, comparé aux quelques minutes de temps de pose, à l'objectivité et à la précision de la plaque sensible. La bourgeoisie ne s'y est pas trompée, qui s'accroche en noir et blanc dans ses salons. Car le réalisme se présente d'abord comme une bonne affaire. Vérité des prix, disent-ils. Le réalisme, c'est le vrai à bon marché, ce qui implique la multiplication du même, cet indifférencié avec quoi l'on fera les masses. À l'horizon, Taylor, le modèle T et le bleu de chauffe d'un milliard de cheminots chinois. D'où, pour finir, cette mise en garde, cette histoire moqueuse des deux copistes, Bouvard et Pécuchet, interchangeables producteurs de semblable. Dans l'immédiat, le toujours débutant Flaubert feint de se plier au nouveau cahier des charges imposé par l'esprit du temps. Même s'il n'en pense pas moins : « La Réalité, selon moi, ne doit être qu'un tremplin. » Pour reprendre de la hauteur et quitter un sujet terre à terre ? D'ailleurs le sujet n'existe pas, le « style étant à lui tout seul une manière absolue de voir les choses ». Voir les choses ? Distinguer l'écriture du myope, de l'astigmate, de l'hypermétrope ? Un défaut de vision, le style ?

Le style

C'est l'homme, dit l'autre. « Madame Bovary, c'est moi », renchérit Flaubert. Donc le style, c'est Emma. Et l'homme, c'est la femme ? Et moi, là-dedans ? s'étrangle Pauvre Louise qui comptait sur un rendez-vous remis à la saint-glinglin et doit se consoler avec ce genre de déclaration : « Aujourd'hui par exemple, homme et femme tout ensemble, amant et maîtresse à la fois, je me suis promené à cheval dans une forêt, et j'étais les chevaux, les feuilles. » Cet homme-cheval très stylé nous rappelle opportunément que Flaubert, né un 12 décembre, était sagittaire, mais ne nous emballons pas. Ne nous embourbons pas, soupire le même qui peine au milieu de ces comices agricoles, se lamente d'avoir à se pencher sur les mousses des moisissures de l'âme. Au point, lui qui saoulait son entourage avec des formules bien senties, du genre : « Le style est autant sous les mots que dans les mots. C'est autant l'âme que la chair de l'œuvre », de se laisser aller au découragement alors qu'il en termine avec sa madame : « Où est le style ? En quoi consiste-t-il ? Je ne sais plus du tout ce que ça veut dire. Mais si, mais si pourtant. Je me le sens dans le ventre. » Quoi, le style, ce serait écrire avec ses tripes ? Après la mode de Caen, le style à la mode de Rouen ? Vite, autre chose, sinon nous sommes cuits. Voyons. « Un style précis comme le langage des sciences. » Sans doute s'agit-il d'abord ici de corriger les dérives romantiques en même temps que d'en finir avec le complexe des médecins-chirurgiens de la famille (un style « comme un coup de stylet », suggère même Flaubert en proto-lacanien, obligé de composer avec père, Achille Cléophas, chirurgien en chef de l'Hôtel-Dieu, et re-père, comme on dit rebelote, son frère Achille, si réputé que le malheureux Bouilhet à l'agonie n'osait même pas le demander), mais cette vanité scientiste, Bouvard et Pécuchet lui régleront définitivement son compte. Ah, voilà qui constitue une piste plus intéressante : « Il me semble que la prose française peut arriver à une beauté dont on n'a pas l'idée. » Le style n'aurait donc rien à voir avec ce qui est déjà et que l'on connaît, avec l'idée qu'on s'en fait : la posture, la plume, le jeu avec les mots, préciosité, vertige sémantique, bouts de ficelle et boules de gomme, donc rien à voir avec la littéraire attitude. Alors, une idée à creuser ? Mais pourquoi faudrait-il une idée ? Aucune idée. Le style, ce serait l'inconcevable ?

L'inconcevable

Et justement, quoi de plus concevable que le réalisme et ses prétentions à se poser en modèle exclusif, où toutes les œuvres, prévisibles, dupliquées, se renverraient la même définition à l'infini, comme dans un jeu de miroirs, une galerie des glaces. Le réalisme, c'est la glaciation. Qu'on se rappelle l'injonction du photographe : ne bougez plus, ne respirez plus. Faites le mort, en somme. Mot d'ordre d'une classe qui aspire à la recherche du temps suspendu, à l'établissement, après sa longue prise du pouvoir, dont le code esthétique commande la reproduction à l'identique qui permet de se mirer, de s'admirer, et surtout pas de fantaisie, ce qui est sans doute un bon moyen d'éliminer les convoitises, mais conduit à remplacer une angoisse par une autre que formula en son temps madame mère d'un parvenu célèbre : pourvu que ça dure. Durer sans respirer ? Ça se peut. C'est même tout un art. Fossilisation, embaumement, momification, créations de l'esprit, souvenirs, rituels, peinture, sculpture, littérature. Jusqu'à la photographie, on n'était pas très regardant, on regardait surtout la manière. Depuis Niepce et Daguerre on ne plaisante plus : plus ressemblant, tu es mort. Tout le XIXe siècle se confronte à ce trou noir de l'objectif qui absorbe la lumière et la représentation du monde. D'où ce contre-objectif :

brouiller ce réel imposé de la plaque dite sensible (comme on le dit du monde des apparences), faire tourner les tables comme Hugo, ne pas se contenter de la fixité des disparus, prendre de leurs nouvelles, contourner cette plaque de cuivre argentée qui renvoie la lumière comme un mur, relever Carthage de ses ruines comme Flaubert, lui opposer *Paradis artificiels* et *Illuminations,* opium et dérèglement des sens, voir, comme Baudelaire, en la nature un temple, comme Rimbaud, à la place d'une usine désaffectée une mosquée — Rimbaud dont son ami Delahaye signale dans ses Mémoires qu'à la fin de l'hiver 1871-1872, il envisageait pour son *Histoire magnifique* une première partie intitulée « Photographies du passé » (« c'est de la fantaisie, toujours »), le même Rimbaud en Abyssinie demandant à sa mère qu'elle lui envoie un appareil avec lequel il ne réussit que des photos floues, tremblées. Déréglées ? On a tort de distinguer le poète du négociant. Sous le soleil d'Afrique il reste bien le même, aussi peu doué pour appréhender le monde, toujours brouillé avec le réel.

Le réel

On a toujours fait avec, bien sûr. Avec, mais pas seulement. Ce n'est pas lui qui allait faire la loi. Quand Perceval se penche sur les trois gouttes de sang dans la neige d'une oie blessée, du texte de Chrétien de Troyes nous déduisons que nous sommes quarante jours après la Pentecôte. Ce qui nous mène en juillet. De la neige en juillet ? Mauvaise météo ? Effet de serre arthurien ? Et ce valeureux Rodrigue qui le matin tue le père de sa fiancée — laquelle logiquement s'en émeut —, massacre une armée de Maures l'après-midi, et, le soir, pas épuisé pour un sou, continuant de s'exprimer en alexandrins rimés sans avaler les syllabes, se réconcilie avec la peu rancunière ? Pas croyable ? Vous n'avez qu'à regarder avec les yeux de Chimène. Vous verrez. Le réel ? Vous voulez dire cette idée du réel ? Ce qu'on a sous les yeux quand nous ne sommes pas victimes d'un mirage, d'un trouble de la vision, d'un excès de boisson qui fait grimper des lézards au plafond ? À sa place. C'est-à-dire ? En toile de fond. Le monde, c'est du théâtre. Ou du cirque : sirènes, cyclopes, Circé, marins transformés en pourceaux, Ulysse en Monsieur Loyal, Zeus en *deus ex machina*. Il fallait vraiment un esprit du XIXe siècle, commerçant, scientiste, imprégné de cette assurance que le réalisme était la fin de la création, pour prendre l'*Iliade* à la lettre, l'interpréter comme une sorte de *Guide du Routard* et après avoir suivi les indications de l'aède aveugle, décréter : Troie est ici. Creusons. Ils creusèrent et Schliemann inventa Troie. Même s'il s'abusa un peu, la ville d'Hector parmi cet empilement de neuf cités occupant le sixième niveau, mais du coup la démonstration était faite : le texte ? *« All is true »*, comme nous prévient Balzac au début du *Père Goriot*. Vrai de vrai ? En fait, un clin d'œil appuyé à Shakespeare. *All is true,* c'est le titre sous lequel avait été annoncé *Henri VIII,* lors des fameuses tournées entreprises en France, quelques années après Waterloo, par des comédiens anglais gonflés. Manière pour le malin Honoré de nous prévenir : sous *Le Père Goriot, Le Roi Lear.* Sous le roman, la comédie humaine (du latin *comoedia,* pièce de théâtre). Comme à Troie. Le même Balzac, supposé réaliste, mais qui en disciple de Swedenborg voyait des anges partout, ne se privant pas dans *Ursule Mirouet* de faire parler les morts. Autrement dit, ce que nous subodorions, Balzac libre, balzaciens pas libres ?

Balzaciens pas libres

Pas libres comme le faussaire rivé au trait miraculeux de Matisse ? Disons, pas contrariants, appliquant sans rechigner le cahier des charges. Chaque période a le sien qui impose une langue, un genre, une perception, une approche, une censure, une critique, des lecteurs (ce mot de Glenn Gould, grand bricoleur de sons, à qui l'on demandait ce qu'il pensait des interprétations sur instruments d'époque, et réclamant un public d'époque). Pas libres, autrement dit assujettis aux normes du temps, à un modèle dominant (Bouilhet suggérant à son ami d'écrire un roman « à la Balzac », comme le facteur de Jacques Tati distribuant son courrier « à l'américaine »), pas libres parce que soumis à un système d'exploitation hégémonique, microsoftien, de la représentation du monde : ici le réalisme et ses vertus photographiques. Aux portraits et natures mortes réalisés en chambre noire fait écho l'art balzacien de la description des personnes et des intérieurs, ceux-ci parlant pour celles-là. La photographie invente le « parlant ». Elle invente aussi le passé, en offrant à la classe possédante la possibilité de se constituer une galerie des ancêtres, un lignage, ce qui auparavant était l'apanage des castes, seules susceptibles d'aligner le portrait peint des aïeux, quand pour les autres, rien, de la mémoire volatile qui disparaît avec les témoins, laquelle se montre, au naturel, incertaine (on sait bien que les portraits-robots ne sont jamais convaincants) et, comme on se dépêchait de mourir, jusqu'à l'invention de Niepce ne subsistait pour l'immense majorité aucune trace de ceux qui avaient précédé, rien à quoi se raccrocher, un vrai lavage de cerveau, de sorte que l'histoire commençait avec soi, ce que traduit très exactement cette réponse d'un général d'Empire à une vieille aristocrate qui lui objectait qu'en dépit de ses titres ronflants (duc de ceci, prince de cela) il n'avait pas d'ancêtres, c'est-à-dire, en clair, pas de portraits de famille (et pour cause, tous fils d'aubergistes et de palefreniers), et le général répliquant superbement : « Mais madame, les ancêtres, c'est nous », avant de courir poser pour David ou Gros. Voilà. Posons. Commençons par fabriquer des ancêtres. Au fronton du magasin, dans un médaillon armorié, au-dessous du nom, prévoir de mentionner : Maison fondée en.

Maison fondée en
Le fondateur, c'est le self-made-man, c'est le parthénogénétique. Tous descendent de lui et

lui de personne, ou plus exactement d'une vierge puisque le mâle, le géniteur, dans la parthénogenèse, on s'en passe. Ancêtre des Capétiens : un certain Robert le Fort, d'une lignée de bouchers, peut-être, d'où les privilèges dont aurait bénéficié la corporation auprès des rois de France. Mais cela, on s'en moque. Ce qui compte c'est le sorti de terre, à partir duquel lèvera l'arbre dynastique. À mille ans de distance, c'est le même mécanisme. Les ancêtres, c'est nous, dit le soudard de Napoléon, installé dans les ors des palais, singeant les mœurs de l'aristocratie avec des goûts et des caprices de rock stars (extravagantes tenues de Murat-Elton John), marchant à la guerre comme d'autres à la cocaïne. Authentiques ancêtres d'une histoire dont l'an I de la République marque l'avènement. Avant, pour ceux-là, les braves, les têtes brûlées, l'histoire n'avait rien d'autre à proposer que les grandes compagnies, la bande à Mandrin et les gibets. Le commandement dans les armées du roi était le privilège des bien-nés. Aux anonymes vaillants, les blessures et la mort. La monarchie jamais reconnaissante. Joinville, l'ami du roi saint, raconte, sans penser à s'en offusquer, comment les chevaliers impatients, du moment qu'ils le décidaient, chargeaient en piétinant leurs propres premières lignes, valetaille, archers et coupe-jarrets. De la chair à sabots.

Valmy, c'est une chance inouïe pour se faire remarquer. Une fenêtre météo comme l'histoire en propose rarement. Quinze ans plus tard on convoque Gros et David. On pose. Les ancêtres, c'est nous. Invention du héros à la force du poignet. De nouveaux guerriers pour une nouvelle mythologie ? En fait, les temps penchent moins du côté de la Grande Armée que de son organisation (un million d'hommes à équiper, nourrir, armer), moins du côté du colonel Chabert que du baron Hulot. D'où un glissement des titres vers les rois du commerce et les « chevaliers d'industrie » (c'est Fourier qui parle ainsi). Derrière la vaillance, la finance. Vieux couple : Jacques Cœur-Jeanne d'Arc, trafic-bravoure, marché noir-résistance. Bourgeois-gentilhomme ? Une maison fondée en 1670, mais Monsieur Jourdain devra attendre encore pour accrocher son blason. Comme le boucher Robert le Fort, il fait partie des souterrains.

Les souterrains
Avant *Dynasty*, qui légitime le pouvoir, il y a *Dallas*, l'installation vigoureuse aux commandes, pour laquelle tous les moyens sont

bons, tous les coups tordus permis, épisode glorieux peu glorieux, ombre dans la mythologie familiale, dont la descendance s'appliquera à gommer le mauvais effet en affichant sur la place publique ses bonnes manières, son bon cœur et ses amours. L'univers de *Dallas* ? impitoyable, selon la chanson. Ou ce qui revient au même, kennedien (à la question : qui a tiré sur J. R., entendre sur J. F. K.). Impitoyable parce que ceux-là, les larrons en foire, ne sollicitent pas notre pitié, déjà passés de l'autre côté, comme les soudards d'Empire passèrent, le temps de se changer, du bivouac aux Tuileries. La violence fondatrice, on la trouve en amont. Le rêve hollywoodien n'en fait pas mystère, ayant d'autant moins à cacher que c'est son métier de faire du spectacle avec tout. Il suffit de remonter les séries télévisées comme on remonte une généalogie. Avant *Dallas* ? *Bonanza, Le Virginien, Au nom de la loi*, soit des fermiers, des vachers, des chasseurs de primes, c'est-à-dire des féodaux occupés à défendre leur fief qu'ils clôturent de barbelés, et des chevaliers sans terre louant leur vaillance au plus offrant avant de se mettre à leur compte en indexant les valeurs de la nouvelle frontière sur la loi du seul profit. Avec quoi, la terre, la force et l'argent, on fera jaillir le pétrole, après quoi, fortune faite, on pensera à mettre en scène ses très riches heures. *Dallas,* c'est *Le Bourgeois gentilhomme*. J. R. est Monsieur Jourdain et Sue Ellen une Madame Jourdain qui aurait enfin trouvé la clef du placard aux alcools. J. R., faisant tourner son glaçon dans son verre à whisky et improvisant : « Belle Marquise, vos beaux yeux », et Marquise, aux visées plus hautes, roucoulant : « Happy birthday Mr President », avant d'être prestement remise à sa place, dans sa piscine, où elle noiera ses rêves de princesse. Ce qui relance la lancinante question de Monsieur Jourdain, à qui l'on donne du monsieur, comme à Monsieur Dimanche, pour ne pas mélanger les marchands et les monseigneurs, les esprits mercantiles et les âmes bien nées, à savoir ce qui différencie un bourgeois d'un gentilhomme. Alors que, franchement, à part cette petite marque bleue qui fait le distinguo à la naissance, qu'est-ce qu'il manque ? Qu'est-ce qu'on lui reproche ? La manière ?

La manière
Car à première vue, un bien-né se reconnaît à ce qu'il s'attribue d'autorité le premier et beau rôle. La naissance donnant droit au haut de l'affiche, il convient donc, pour un semblant de

justification, de faire montre de quelques talents que l'on confondra bientôt avec ladite naissance, comme si l'art de la conversation, de la danse, et la science des armes relevaient de l'inné (exemple illustre : Louis XIV causeur mondain, danseur étoile et poliorcète). Ce que l'on ne fera pas avaler à un marchand, partisan de l'acquis, qui sait que tout s'achète et que pour de tels talents il suffit de mettre le prix. Démonstration par le surintendant Fouquet aux fêtes de Vaux. Éclatante. Trop. Qu'on ôte celui-là de mon soleil, dit le roi littéralement démonté, qu'on le jette à l'ombre. Monsieur Jourdain n'ayant pas envie de finir à Pignerol s'en tire par une mascarade grotesque, fait le clown pour donner le change et sauver moins sa tête que sa fortune, mais la leçon a été retenue. Tous les professeurs qui se succèdent dans l'antichambre du Bourgeois sont prêts à se louer au plus offrant, tous courtisans, Molière en tête. Danse, musique, escrime, philosophie. Pour quelques louis, Monsieur Jourdain s'offre tous les attributs du prince. Manque la naissance ? Pour l'heure on feint d'accepter la fausse monnaie, un titre de mamamouchi, mais bientôt on mariera la fille richement dotée à un gentilhomme ruiné, et les petits-enfants ne feront plus la différence. D'autant que pour la parole, un maître de philosophie ne semble pas avoir grand-chose à enseigner. Les jeux permutatoires autour de Belle Marquise vos beaux yeux ne sont que préciosité littéraire. L'inné est du côté de Monsieur Jourdain qui fait naturellement (vérité de la nature) de la prose. Ce qui illustre assez fidèlement la ligne esthétique du fils du tapissier qui, sur vingt-quatre rôles, joua quinze fois les bourgeois. « Lorsque vous peignez des héros, vous faites ce que vous voulez. » Ce qui sous-entend que toutes les flatteries adressées au monarque, inutile de gloser, c'est sciemment n'importe quoi. En revanche, « lorsque vous peignez des hommes il faut peindre d'après nature ». La bourgeoisie, c'est naturel ? Comme la prose, le parler naturel de Descartes, la science ? Molière, ancêtre d'Adam Smith ? Ajoutant, dans sa *Critique de l'École des femmes* : « On veut que ces portraits ressemblent. » À qui ? Et qui « on » ?

Qui « on » ?
Un « on » qui s'avance masqué, qui ne dit pas son nom, mais dont on comprend qu'il n'est pas aussi indéfini qu'il en a l'air. Un « on » qui a suffisamment de pouvoir puisqu'il commande :

« On veut. » Mais pas celui de signer de son nom. Un pouvoir occulte ? Mais non, puisqu'il demande à se voir sur scène, puisqu'il « veut que ces portraits ressemblent ». Donc un pouvoir qui n'est pas encore en situation d'affirmer que c'est lui qui commande, qui n'en a pas les signes, mais suffisamment puissant pour qu'on fasse ses quatre volontés. Le maître de musique à propos du Bourgeois : « C'est un homme, dont les lumières sont petites, mais son argent redresse les jugements de son esprit ; il a du discernement dans sa bourse. Ce bourgeois ignorant vaut mieux que le grand seigneur éclairé qui nous a introduit ici. » Le grand seigneur éclairé (par qui ? par le Roi-Soleil ?), c'est Dorante, qui n'a plus que nom et titre à monnayer. Un grand seigneur « méchant-homme ». Encore un peu, un gros siècle, et c'en sera fait de ses privilèges. Pour l'instant, un homme de son rang ne doit pas s'abaisser à brasser les affaires. Louis XIV y veillait, qui choisissait ses ministres dans la roture : « Il n'était pas dans mon intérêt de prendre des sujets d'une qualité plus éminente. Il fallait établir ma propre réputation et faire connaître au public, par le rang même où je les prenais, que mon intention n'était pas de partager mon autorité avec eux. Il m'importait qu'ils ne conçussent pas eux-mêmes de plus hautes espérances que celles qu'il me plairait de donner. »

Monsieur Jourdain, qui alimente les caisses du monarque, n'en conçoit pas moins. Sûr avec sa prose innée et son sens des réalités que les temps lui donneront raison. D'ailleurs en face, du côté des bien-nés, non seulement ils n'ont plus un sou, mais leur parler affecté pour se distinguer du vulgaire démontre qu'ils sont hors champ. Or les Précieuses et les Marquis ont leur bastion, l'hôtel de Rambouillet, où sous l'égide du Grand Condé se regroupe la fine fleur des anciens féodaux frondeurs. D'où ce ne sont pas seulement les Précieuses qui sont ridicules, ce sont les Princes. Culotté, le fils du drapier qui témoigne dans son combat d'une rage de roturier habitué par sa charge — le tapissier assiste au lever royal — à côtoyer les puissants. Alors, bien-nés contre bourgeois ? Tête dans les étoiles contre pieds sur terre ? Parler faux contre parler vrai ?

Parler vrai
Ou plutôt s'exprimer de telle manière que ça sonne vrai, comme on demande à son coiffeur une coupe qui n'ait pas l'air de sortir de chez le coiffeur. Naturel, vous voyez ? Molière à Brécourt, l'un de ses acteurs porte-parole et figure

de l'honnête homme dans *L'Impromptu de Versailles* : « Vous devez prendre un air posé, un ton de voix naturel, et gesticuler le moins possible. » Autrement dit une pose, et accessoirement tout le portrait du faux derche. Ce qui constitue aussi, cette recommandation, l'argumentaire de n'importe quel conseiller en image (soyez naturel, monsieur le président), ou animateur de talk-show, puisqu'il est dit que le naturel passe par la parole. De sorte que l'on comprend que l'honnête homme dont la figure s'impose en ce siècle comme le modèle laïque de la sainteté n'est pas si honnête qu'on croit. C'est un rôle, à prendre lui aussi. Simplement la machine infernale est bien remontée. Où l'on voit qu'une certaine idée du naturel est réquisitionnée par la classe montante, qui cherche à l'imposer au nom du bon sens, lequel se présente comme le sens des réalités, capable au nom de ce principe universel de s'accommoder à toutes les sauces, et même poétique : « Le même bon sens qui a fait autrefois ces observations les fait aisément tous les jours, sans le secours d'Horace et d'Aristote. » Ce qui peut se traduire par : les classiques, c'est nous. Pas besoin des lumières des vieilles lanternes, des empêcheurs de penser en rond, le bon sens, c'est naturel. De sorte qu'on ne peut rien lui opposer, au risque de paraître obligatoirement affecté, précieux, ridicule, pédant, compliqué, intellectuel. L'argument est régulièrement recyclé. Toute critique de la pensée se fait au nom du bon sens, toute recherche esthétique. Revendiqué sur scène le bon sens finit en théâtre de boulevard, qui est « naturellement » le théâtre bourgeois. L'arme fatale du bon sens ne supporte pas la critique, se doit d'éliminer tout ce qui s'est fait avant lui et qui ne le sert pas, devant quoi il supporte difficilement la comparaison, le bon sens, c'est un incinérateur de sens, de pensée, de mémoire, d'intelligence, de beauté. Le bon sens ne désarme pas quand il entend le mot culture. Est-ce à dire que pour lutter contre cette pente naturelle, il n'est d'autre choix des armes que le langage chantourné, décalé, forgé de toutes pièces ? Faut-il comprendre que Précieuses et Marquis font de la résistance ?

Résistance
Oui, Précieuses et Marquis font de la résistance. À leur manière, c'est-à-dire avec ce qui à leurs yeux, outre la naissance, les a toujours distingués du vulgaire : la science des armes et l'art de la poésie. Les romans de chevalerie ont été écrits pour eux, du moins pour leurs

ancêtres. Un roman de chevalerie, c'est d'abord un récit en langue romane, donc en vieux français, chantant les exploits, guerriers et amoureux, des hommes à cheval, de ceux qui, offrant de force leur protection et en retirant de confortables subsides, pouvaient se permettre de ne pas aller à pied. En langue romane, parce que ceux-là, s'ils étaient vaillants et avaient les moyens de leur équipage, étaient pour la plupart, comme certains mafieux, illettrés. Le roman, c'est donc une affaire de langue. Les savants, les érudits, on les trouvait du côté du haut clergé, lisant et écrivant en latin, étudiant et commentant les Pères de l'Église, se livrant à des acrobaties dialectiques pour concilier la pensée d'Aristote et le message chrétien, tout cet art de la scolastique dont on trouve un ultime écho chez Molière avec les citations farfelues du philosophe grec dans la bouche de Sganarelle, par exemple (« Quoi que puisse dire Aristote, il n'est rien d'égal au tabac » — qui ne pouvait rien en dire, le tabac venant de débarquer des Amériques) —, et l'usage facétieux du latin de cuisine (« Clysterium donare, postea seignare, ensuitta purgare »). S'il n'y avait eu que les docteurs de la Sorbonne, nous ne saurions rien de l'imaginaire des cours féodales. L'imaginaire chevaleresque, c'est l'essence du roman : recherche du Graal, ce vase mythique ayant recueilli au pied de la croix le sang du Christ, et, en chemin, une dame à conquérir. Passion et passion, de l'amour divin à l'amour humain. Mais jongleurs et auteurs sont des valets de cour. Le roman de chevalerie est un miroir flatteur auquel peu à peu les rustres à cheval vont essayer de se conformer. Les rustres à cheval sont des Monsieur Jourdain qui, une fois bien installés, s'appliquent à gommer la violence originelle qui les a mis là en tournant galamment des vers. Ce sera la littérature courtoise, cet exquis maniérisme où la conquête de la femme se fait selon les règles anciennes des traités de chasse. Le baroud d'honneur des grands seigneurs féodaux pendant la Fronde ayant échoué, ils déposent les armes. Leur reste la poésie. Les fous de guerre vaincus se penchent sur la Carte du Tendre.

Carte du Tendre
Un territoire imaginaire dans lequel on s'évertue, au moment où triomphe avec Descartes la géométrie appliquée à toutes choses, et même à la démonstration de l'existence de Dieu, à ne pas utiliser le chemin le plus court, celui que nos Précieuses déconseillent au soupirant, et

qui mène pourtant à Tendre-sur-Inclination. Voie fluviale expresse, où on se laisse emporter par le courant comme par ses pulsions, et à quoi, sous une terminologie doucereuse, on reconnaît la manière première, violente, du chevalier qui n'y va pas par quatre chemins, du grand seigneur libertin qui vit selon ses bons plaisirs, va droit au but, et n'a de comptes à rendre à personne depuis qu'il ne croit ni à Dieu ni à Diable. À qui d'autre, sinon ? En fait, depuis peu, depuis la reprise en main énergique des frondeurs par le pouvoir central, au monarque. Ce qui change tout. D'où ces stages de formation pour féodaux, recyclage psychologique, apprentissage des nouveaux comportements. Avec ces itinéraires tortueux qui traversent Billets-Galants, Grand-Cœur, Exactitude, Sincérité, et Respect, la Carte du Tendre se présente comme le manuel du parfait courtisan. Tours et détours fléchés à l'usage des Marquis pour éviter de tomber dans le lac d'Indifférence, et parvenir enfin, au prix de subtiles contorsions, à Tendre-sur-Estime, autant dire dans les petits papiers du Prince. Un pays virtuel, cette Carte du Tendre, qui sanctionne la perte bien réelle des fiefs, ces baronnies sur lesquelles les grands seigneurs régnaient sans partage. Le roi les a convoqués à la cour, les anesthésiant à coups de fêtes et d'intrigues galantes. Le très libertin prince de

Conti, frondeur comme son Grand Condé de frère, qui du temps où il régnait sur le Languedoc protégeait la troupe de Molière, plutôt que plier préfère renoncer au monde en se convertissant au jansénisme. Puisque le pouvoir nous quitte, affectons de dédaigner ses fastes. Les romans précieux, évolution-pokémon (créatures chimériques ayant la particularité d'évoluer, exemple : Raichu évolution de Pikachu) des romans de chevalerie et d'amour courtois, par cette fuite poétique vers les hauts cantons d'un imaginaire féodal décadent, enregistraient déjà la perte d'influence de l'aristocratie, son inadaptation à la nouvelle donne socio-économique. Le roman, collaborateur historique de la caste, mettra deux siècles à s'en remettre. Mais le théâtre ?

Mais le théâtre
Tous en scène. Le grand théâtre du monde réduit à la comédie versaillaise. Anticipation hollywoodienne avec stars et strass, étoiles et paillettes, pour une nouvelle révolution copernicienne, héliocentrique, où l'astre royal satellise dix mille figurants. Transposition directe : le triomphe des pièces à machine et le char

d'Apollon descendant des cintres, autant dire la mécanique céleste appliquée à la marche de l'État, ou comment mixer les lois de Kepler et l'Olympe, le Prince et la mythologie, le pouvoir et sa représentation spectaculaire. La Carte du Tendre des ex-frondeurs privilégiait le langage, l'arabesque, le louvoiement, tout un art de rentrer en grâce. La Carte du Ciel du Roi-Soleil recherche l'effet immédiat, l'éclat, l'intensité lumineuse, le rayon qui trace sa ligne directe et foudroie. Gigantesque cœur thermonucléaire qui va consumer un pays entier. « Je suis maître de moi, comme de l'Univers », avait lancé un Auguste cornélien quelques années plus tôt. Un peu grandiloquent, sans doute, mais on constate que Richelieu, qui avait décidé qu'on parlerait d'une seule voix, donc la même langue, n'avait pas encouragé le théâtre en vain. Voilà un vers qui ne tombera pas dans l'oreille d'un sourd. L'État, c'est moi, renchérit l'autre. Ce qui coupe le sifflet, laisse sans réplique, sans voix. Ce qui laisse peu de place, hors la flatterie la plus ampoulée, au langage. Ce qui fait que c'est à la fois par son art muet de la pantomime et par sa critique cinglante des Marquis et des Précieuses, ultime avatar désactivé de la contestation des féodaux, que Molière va s'attirer les faveurs du souverain. Entre les deux, entre ces deux postures excessives, un boulevard dans lequel va s'engouffrer la prose-sans-le-savoir de Monsieur Jourdain, découvrant, divine surprise, qu'il est possible de s'exprimer sans manière, or, voyez comme les choses se goupillent bien, ce parler décrété naturel que Molière revendique dans son *Impromptu de Versailles,* à l'épicentre donc, au cœur de la centrale, il y a déjà un bon moment que c'est la langue des affaires qui dit que tout s'achète. Un exemple : il n'est pas nécessaire d'appartenir à la caste pour avoir le droit de s'installer en spectateur sur la scène, ce qui agace les Marquis qui aimeraient être seuls à bénéficier de ce privilège. Chez Molière, au Palais-Royal, les prix sont affichés à l'entrée : il en coûte cinq livres dix sols, contre quinze sols au parterre.

Le parterre
« Tu es donc, Marquis, de ces Messieurs du bel air, qui ne veulent pas que le parterre ait du sens commun, et qui seraient fâchés d'avoir ri avec lui, fût-ce de la meilleure chose du monde ? » Quand Molière charge son attaché de presse Dorante d'argumenter en sa faveur dans la *Critique,* il ne se mouche pas du coude. La meilleure chose du monde, en l'occurrence,

c'est *L'École des femmes*. C'est son opinion et il la partage. Et si vous n'êtes d'accord c'est que vous n'aimez pas le parterre, le peuple, quoi, qui a pourtant payé quinze sols pour assister debout à la représentation. C'est donc que vous êtes du côté des « assis » à cinq livres. Comme celui-là, le Marquis de service, « qui se rend ridicule » (le qualificatif renvoyant immanquablement à ceux de sa caste au point d'en devenir pléonastique). Et de quelle manière ? « À tous les éclats de rire il haussait les épaules et regardait le parterre en pitié ; et quelquefois aussi avec dépit. » Sur quoi le sacristain de Molière lui fait la leçon : « Apprends, Marquis, je te prie, et les autres aussi, que le bon sens n'a point de place déterminée à la comédie. » Ce qui revient à signifier crûment au représentant de l'aristocratie trônant sur le plateau qu'il n'a pas le monopole du goût, et incidemment des moyens. Et il poursuit : « Je me fierais assez à l'approbation du parterre, par la bonne raison » que ceux-là, les quinze sols, « jugent par la bonne façon d'en juger ». Et qui est ? « ... de se laisser prendre aux choses, et de n'avoir ni prévention aveugle, ni complaisance officielle, ni délicatesse ridicule » (décidément c'est une manie). De quoi l'on pourrait déduire que le parterre est à Molière ce que la ménagère de cinquante ans est à TF1. Ne se prend pas la tête avec les règles, quand ça plaît, rit, pleure et bat des mains. Que demande le peuple ? Officiellement, la même chose que le roi. Du divertissement et rien d'autre. D'une pierre deux coups. Quoique le roi, s'il ne répugne pas aux plaisirs de l'île enchantée, exige aussi de son bouffon qu'il bataille à son service. Contre les derniers féodaux (Louis XIV en exécutera quelques-uns dans le Limousin, « grands seigneurs méchants hommes » qui en prenaient trop à leur aise), mais aussi contre le parti des dévots qui gâchent les plaisirs, lesquels ont envoyé au bûcher Claude Lepetit, non pour son délicieux sonnet sur le poète crotté, mais pour ses écrits blasphématoires. Ça chauffe.

Ça chauffe
Évidemment. Nous sommes sous le régime du Roi-Soleil, de qui vient toute la lumière, logiquement amateur éclairé des arts et protecteur chaleureux de ses sujets, unique, ultime et véridique incarnation de l'esprit de la chevalerie. Sa vie se doit d'être un roman, semblable à ceux — *Roland furieux, La Jérusalem délivrée* — dont lui-même se montre friand. Du coup on le laisse gagner les courses auxquelles il participe, on consacre notre jockey de marque premier

cavalier du royaume, ce qui l'autorise à se faire représenter à cheval, essaimant dans tout le royaume des statues équestres, celle exécutée par le Bernin arrivant trop tard pour être exposée, Louis ayant entre-temps commencé à virer sa cuti mystique, dans sa Carte du Ciel passant de Cueille-le-jour à Crainte-du-jugement-dernier. Mais jusque-là, le chevalier solaire, le cavalier doré, c'est lui. Tiens, doré-Dorante, et le Dorante de la *Critique* qui prend si ardemment face au Marquis la défense de Molière est justement chevalier. Le chevalier Dorante, clone de Louis XIV ? Et que dit, par la bouche de son avatar, le souverain ? « C'est qu'il est généreux de se ranger du côté des affligés. » Souvenir de Saint Louis rendant la justice sous son chêne, lavant les pieds des pauvres, guérissant les écrouelles (inflammation des ganglions lymphatiques — un roi très spécialisé), rappel de l'ancien devoir du monarque, mais pour la méthode ? Toujours la même : « Je suis pour le bon sens. » Le bon sens cartésien, autant dire fini le droit divin, règne de la raison et doute qui s'infiltre, on y regarde à deux fois. Et sur sa politique versaillaise ? Il met en garde une « douzaine de Messieurs qui déshonorent les gens de cour par leurs manières extravagantes, et font croire parmi le peuple que nous nous ressemblons tous ». Sous-entendu, ne mélangeons pas. Il y a les bons et les mauvais princes comme il y a les vrais et les faux dévots, les hommes de science et les charlatans, les poètes et les rimailleurs, Molière et l'abbé Cotin. Il convient de séparer le bon grain de l'ivraie, de ne pas prendre une partie pour le tout. Trancher pour l'exemple la tête de quelques mauvais seigneurs libertins abusant de leurs privilèges, comme on le fit dans le Limousin, n'implique pas d'étendre la sentence à l'ensemble de l'aristocratie, roi y compris. De mauvaises branches. Ne confondons pas. Et la manière de ne pas confondre ?

Ne pas confondre
Jusqu'à récemment, on ne risquait pas la confusion. Ça crevait les yeux. Aux uns, les bien-nés, on tirait le portrait, aux autres, non. Mais on n'en est plus là. Le père cornélien du *Menteur,* au vu des agissements de son fils, exprimait déjà de sérieux doutes sur les vertus innées du sang bleu. « Pour être gentilhomme / Croyez-vous qu'il suffit d'être sorti de moi ? » Peut-être pas. Deux décennies plus tard, le doute est plus que jamais de mise, Dom Juan et Dorante, comte et abuseur de notre Bourgeois, se comportent comme des crapules. Et depuis

que les canons à dentelle et l'abondance des rubans suffisent à faire un Marquis, qu'avec de l'entregent et de l'argent il n'est plus aussi compliqué de s'offrir un titre, circulent d'habiles copies. Molière lui-même n'hésite pas à se présenter comme écuyer et de temps à autre glisse une particule devant son nom de scène. À la scène comme à la cour ? Les vieilles valeurs chevaleresques qui légitimaient la caste : nette tendance à la baisse. Portrait de Dorilas dans *Le Misanthrope* : « Il n'est, à la cour, oreille qu'il ne lasse / À conter sa bravoure et l'éclat de sa race. » Fin d'une époque. Triomphe du paraître. Autant dire qu'il est plus sage de doubler la naissance par un autre signe de reconnaissance. La langue ? Précieuses et Marquis pensaient avoir trouvé la parade, mais rien n'est plus facile à singer. Une langue, Monsieur Jourdain l'a bien compris, ça s'apprend. L'astuce de l'hôtel de Rambouillet aura fait long feu. L'esprit déborde, on poétise à tour de bras, confusion des talents, mauvaise humeur d'Alceste descendant en flèche le sonnet galant d'Oronte, faiseur mondain, comme Trissotin, Vadius, Lysidas, et puis la langue de Pierre des dévots, le jargon raisonneur des savants, le charabia des médecins, humeurs peccantes et conglutineuses, émétique et orviétan. « Voilà justement ce qui fait que votre fille est muette. » Le théâtre de Molière met en scène la société comme une grande forge où l'on fabrique de la langue pour capter un pouvoir qui, en dépit des apparences, est à prendre. Et contre cette logorrhée, que propose le chevalier Dorante, porte-parole du souverain ? « Messieurs taisez-vous quand Dieu ne vous a pas donné la connaissance d'une chose. Et songez qu'en ne disant mot, on croira peut-être que vous êtes d'habiles gens. » Le bâillon du doute. Quel doute ? Celui du père du Menteur sur les mérites de la naissance ?

La naissance
Jusqu'au *Cid*, 1636, tout allait bien. « Aux âmes bien nées la valeur n'attend pas le nombre des années. » La naissance comme brevet d'excellence. Nulle revendication d'un quelconque mérite. Naître du bon côté suffit, et dans le berceau : la petite cuiller dorée, la vaillance, l'esprit, la galanterie, l'art de relever le gant, de manier l'épée, de monter à cheval, de tourner un compliment, d'utiliser la fourchette, de trôner sur la scène et de convaincre la fiancée de ne pas vous en vouloir que vous ayez occis son père. Entre gens du monde, tout finit par s'arranger. La naissance, la seule qui vaille (on

imagine que les autres mettent bas), a des vertus magiques. Sept ans plus tard, le père du Menteur déchante. Cafouillage dans le génome aristocratique : la naissance de droit divin accouche de libertins athées. Suicide programmé. Sortir d'un gentilhomme ne produirait donc pas automatiquement un gentilhomme, comme si les chiens se mettaient à faire des chats, et les nobles des ignobles, autant dire des blousons dorés, incapables de faire face à leurs somptuaires dépenses, de renoncer à leurs rubans, leurs maîtresses, leurs bons plaisirs, et pour ce faire — on ne va tout de même pas s'abaisser à se lancer dans les affaires comme un bourgeois — se comportant comme de cyniques dandys auprès de parvenus pour leur soutirer de quoi financer leurs caprices mondains. « L'argent, dont on voit tant de gens faire cas », comme le dit Henriette dans *Les Femmes savantes,* ne tourneboule pas seulement les marchands, il s'impose comme le sésame obligé de la société. Même certains passe-droits n'y résistent pas. Les mousquetaires, qui avaient l'habitude d'entrer dans le théâtre sans payer en bousculant au passage le portier, en lui passant parfois la lame de leur épée à travers le corps quand le malheureux tentait de s'opposer, doivent en rabattre et se voient tenus par le souverain en personne d'acquitter leur place. Les bien-nés ne le savent pas encore mais ils ont déjà perdu. Eux qui revendiquaient la naissance comme argument biologique de leur élection, on leur renvoie les lois de la nature. Après avoir assisté à une représentation des *Fâcheux* de Molière, La Fontaine impressionné lâche le nouveau mot d'ordre de la classe montante : « Et maintenant il ne faut pas / Quitter la Nature d'un pas. » En fait c'est tout le siècle, et même Pascal qui aurait dû se méfier, qui s'entiche de la nature.

La nature
C'est donc de Vaux, dans le luxueux château du surintendant, du prodigue Fouquet, protecteur éclairé des plus grands artistes de son temps, dénicheur de talents tous recyclés bien vite par la machine royale, organisateur de fêtes à ce point somptueuses que le Roi-Soleil en prit ombrage, décidant sur-le-champ du sort de son collecteur d'impôts en chef, concoctant pour lui une juridiction spéciale à la hauteur de l'affront qu'il lui avait fait subir en brillant de plus d'éclat que son suzerain, le retirant du système solaire, le mettant à l'ombre dans la forteresse de Pignerol, supprimant dès septembre la charge de surintendant de manière à effacer

toute trace de ce crime de lèse-majesté, comme si la fonction de grand argentier portait en elle un germe de soleil noir, c'est donc de Vaux, où Molière avait créé ses *Fâcheux* à la demande du maître des lieux, que La Fontaine, conforté par cette somme de talents roturiers autour de lui, lance son appel du 17 août, ciselant en deux octosyllabes plats la formule de l'arme fatale incitant à ne pas quitter la Nature d'un pas. Or la nature, à Vaux, franchement, rien n'est moins naturel, tout est fait pour la repousser dans les marges, la plier, l'ordonner, la contraindre, jardins organisés comme des tapisseries, torsades de buis, massifs labyrinthiques au cordeau où pas une feuille ne dépasse, et le fameux soir du 17 août 1661 qui signa l'arrêt de mort du surintendant, deux cents jets d'eau bordaient la grande allée du château, et plus de mille alentour. La nature ? Bien sûr, elle apporte la matière première, mais ce qu'on lui demande c'est de fournir un autre modèle à l'ordre divin en vigueur qui sert de programme au pouvoir : Dieu, sa vie (son Fils), son œuvre (la Création). On serait bien en peine de trouver trace ici des Écritures : les jardins de Vaux, façonnés à l'opposé du fouillis de la Genèse, sont peuplés de nymphes et de divinités antiques. La guerre moderne de religions est déclarée : imitation de la Nature contre *Imitation de Jésus-Christ,* autrement dit la Terre contre le Ciel. Molière traduit le *De natura rerum* de Lucrèce, La Fontaine se propose de composer sur le même modèle un long poème didactique. De l'autre côté, c'est le vieux Corneille, l'homme d'un autre temps où l'on croyait aux vertus de la naissance, qui traduit en vers la pieuse *Imitation*. La nature a déjà horreur du vide. Le vide ? Et où est passé Dieu dans tout ça ?

Dieu dans tout ça
Bon, là, on ne plaisante plus. C'est une affaire de spécialiste. Par exemple, au hasard, une religieuse ursuline. Ordre fondé par sainte Ursule ? Au fait, non, par sainte Angèle Merici, en Italie en 1535, et établi en France en 1611. Mais voilà qui correspond à nos préoccupations, les filles débarquent en pleine bagarre. Sans doute les envoie-t-on en renfort car, au pays de la fille aînée de l'Église, l'arche de l'alliance nouvelle et éternelle prend dangereusement l'eau. Notre religieuse, qui tient à garder son anonymat, sinon ce serait faire preuve d'un immense péché d'orgueil, se contente de signer sa préface Sr St S., ce qui doit pouvoir se traduire par Sœur saint quelque chose. Sœur

Saint-Simon ? Je vous en prie. Mais une préface à quoi ? À une *Histoire de la Littérature ancienne et moderne d'après les meilleurs critiques rédigée spécialement pour les demoiselles.* La petite sœur vit à Aix-en-Provence et publie son étude en 1879 à la librairie Ch. Delagrave, à Paris, 15, rue Soufflot. D'emblée elle nous prévient (« nous » étant plutôt ses chères jeunes filles) : « Tout en vous présentant la physionomie exacte de tous les grands écrivains, j'ai eu soin de ne choisir dans l'analyse de leurs œuvres que ce qui est réellement beau et irréprochable sous le rapport de la morale et de la religion. » Nous voilà rassurés. Et plus loin : « Je souhaite que l'étude de ce livre vous inspire l'amour de la saine littérature et vous fasse rejeter les œuvres impies et immorales, très souvent mal écrites et toujours dangereuses. » Hum, plein de bonnes choses dans tout ça. D'abord les meilleurs critiques. Exemple : « La poésie d'Hésiode est moins élevée que celle d'Homère, mais cependant son élégance a été louée par plusieurs écrivains parmi lesquels on remarque saint Basile. » Basile le Grand ? L'auteur de deux *Règles* monastiques et des *Ascétiques* ? Du sérieux, en effet. Nous pouvons suivre aveuglément la petite sœur. Vite, allons voir ce qu'elle trouve à dire sur *Dom Juan,* par exemple, œuvre impie, immorale, mais pas forcément mal écrite, ce qui pourrait contredire sa thèse. Voyons. Jugement de Fénelon (autre indiscutable) : « Un autre défaut de Molière est qu'il a donné un tour gracieux au vice, avec une austérité ridicule et odieuse à la vertu. » Rousseau reprendra l'argument. Alors, *Dom Juan* ? Tiens, on a beau chercher, selon sœur Ursuline, la pièce n'existe pas. Diable.

Diable
Parmi les œuvres de Molière sœur Ursuline cite pourtant, avec toutes les réserves qu'il convient, *Tartuffe,* véritable camouflet à la bigoterie ambiante entretenue par la reine mère, et qui ne convient pas à son fils, lequel s'occupera de son âme plus tard, et pour l'heure aimerait bien que la vieille Anne d'Autriche et ses directeurs de conscience cessent de froncer les sourcils à chacune de ses incartades ; d'ailleurs, c'est lui qui souffle à son comédien fétiche le sujet de sa pièce, mais feignons de plaider le bénéfice du doute : en dénonçant les faux dévots, Molière laisse entendre qu'ils font beaucoup de tort aux vrais, que des vrais il en est donc, et que, le jour final venu, Dieu saura sans peine, puisque même une servante y par-

vient, reconnaître les siens. Admettons que l'intervention de l'Exempt puisse être interprétée comme un effet d'annonce du Jugement dernier, avec le roi, son illustre représentant sur Terre, dans le rôle du Sauveur. La petite sœur peut sauver la face. Mais avec *Dom Juan* ? Là, pas d'autre solution que d'utiliser la bonne vieille méthode des tyrans, faire disparaître les preuves et jouer l'idiote. *Dom Juan* ? Inconnu au bataillon. Cette *Histoire de la Littérature ancienne et moderne* à l'usage des demoiselles n'en a jamais entendu parler. C'est qu'elle a beau retourner la pièce dans tous les sens, rien à sauver, rien à cacher : tout est dit. À Sganarelle qui lui demande à quoi il croit s'il ne croit pas au Ciel (pas une seule fois Dieu n'est nommé, pas plus que dans *Tartuffe* ou *Les Femmes savantes,* sinon dans les jurons, disparition programmée, on se désintoxique du nom pour se déshabituer de l'idée), le grand seigneur méchant homme, qui tient pourtant son pouvoir d'appartenir à la garde rapprochée de Dieu sur Terre, résume sa position : « Je crois que 2 et 2 sont 4. » Critique narquoise de l'arithmétique trinitaire où $1+1+1$ font 1 ? De la double nature ? $1+1$ égale 1 ? Mais c'est de Monsieur Jourdain, Monsieur Dimanche, ou Orgon, qu'on attend une réponse aussi courte. Ceux-là savent compter, ils en ont fait leur métier. Et puis, cette maigre addition, croyance en l'idée pythagoricienne que le monde ne serait qu'une suite de nombres révélés ? Une équation que de beaux esprits ne tarderont pas à résoudre ? Or si Dieu saute, la caste saute avec lui. Dieu ? « Sire, répondra un jour le pré-darwinien Lamarck à Napoléon qui feignait de s'en inquiéter, je me passe de cette hypothèse. »

Hypothèse
Lamarck, théoricien du transformisme, c'est-à-dire ce constat que les êtres évoluent, qu'ils ne sont pas sortis tout formés de la baguette du Prince du monde, après la lumière et les ténèbres le lundi, le ciel et la terre le mardi, la verdure le mercredi, et ainsi de suite jusqu'au dimanche, repos, et donc cette idée que décidément cette version de la Genèse ne tient pas debout, ne résiste pas à l'analyse, à la méthode scientifique, au doute systématique, une histoire comme on en raconte aux enfants avant de s'endormir, comme s'en racontait l'enfance du monde, du temps qu'un rien, une humeur chagrine du ciel l'effrayait, mais le ciel maintenant, on connaît, Copernic, Brahe, Kepler, Galilée, il tourne, ce n'est pas à des esprits savants qu'on fera avaler de telles sornettes. Et

donc l'hypothèse Dieu ? Avec le récit de la Genèse, comme le bébé avec l'eau du bain. Sœur Ursuline rageuse dans son couvent aixois connaît bien le coupable, celui par qui le mal est arrivé, elle l'expédie avec dégoût en trois lignes : « Ce discours (sur la Méthode pour bien conduire sa raison et rechercher la vérité dans les sciences), regardé comme un modèle d'éloquence, fut comme le germe d'une révolution philosophique qui devait avoir plus tard une funeste influence dans notre pays. » Elle dit « notre pays » parce qu'elle garde une dent contre les encyclopédistes et la Révolution, mais elle sait que l'invitation de Descartes à « nous rendre comme maîtres et possesseurs de la nature » ne connaît pas de frontières et constitue le programme universel. Et encore, sœur Ursuline devrait se montrer indulgente envers celui-là : l'homme du doute ne doutait pas de Dieu, même s'il s'en servait principalement pour donner une pichenette initiale à la mécanique céleste, après quoi elle fonctionne toute seule, ce que lui reprochera Pascal. De fait, un siècle et demi « plus tard », Lamarck n'a plus besoin du starter divin. Sœur Ursuline a beau en contrepartie de cette dissolution annoncée consacrer huit pages à Bossuet, autant à Bourdaloue et Fénelon, quatre à Massillon, les prédicateurs enflammés, le bilan de cet affrontement terre-ciel, nature-Dieu, corps-âme, réalisme-lyrisme, que Descartes initie, est terrible pour les légions du Seigneur. On comprend pourquoi à ses yeux le bien écrit est le gage de la moralité littéraire. L'éloquence souffle du côté de l'Esprit, la poésie est une élévation. Le style, c'est sacré.

Sacré style
« Regardé comme un modèle d'éloquence », note sœur Ursuline, méprisante, à propos du *Discours de la méthode*. « Regardé comme », autant dire que les chantres de la modernité triomphante s'abusent, prennent des vessies pour des lanternes, la pyrite pour de l'or, la chansonnette pour du lied, ce qui constitue la preuve irréfutable d'un manque de discernement, une absolue faute de goût qui suffit à ruiner, mieux que toute argumentation, leur vision « raisonnée », matérialiste et scientiste, du monde, quand ce simulacre d'éloquence ne peut évidemment tromper une familière des grands textes sacrés, où l'imprécation, l'incantation, la métaphore, l'emphase, l'hyperbole, le chant, la louange sont utilisés à la seule fin de rendre une parcelle du Verbe divin. Car dans une religion révélée, c'est Dieu en personne qui

prend la parole. Du coup, le reliquaire parcheminé qui recueille ce verbatim du Très-Haut (en grec *biblion,* qui signifie le livre par excellence) mérite autant de soins et d'ornementations qu'un reliquaire. Ce qui nous vaut ces merveilles enluminées que sont l'évangéliaire de Kells ou les *Très Riches Heures du duc de Berry*. L'éloquence à quoi fait référence sœur Ursuline, c'est donc rien moins qu'un écho de la parole de Dieu. D'où le « regardé comme ». Comme si l'homme du cogito pouvait supporter la comparaison avec son Créateur. Pour un peu, si on la poussait jusqu'à nous, elle nous expliquerait que Descartes, c'est un coup publicitaire, un café du commerce philosophique, un talk-show soliloqué, et que pour trouver ce *Discours* éloquent, il faut vraiment avoir de la cire dans les oreilles, être complètement bouché, ou littéralement de mauvaise foi, ce qui dans son esprit revient au même. Rappelons qu'une vocation implique d'être appelé, ce qui oblige à garder en permanence une oreille à l'écoute du divin comme un télescope sondant le ciel en quête de messages cosmiques. Le style, pour sœur Ursuline, c'est la prière, le rituel, l'extase. Rien d'étonnant donc à ce que Descartes ait abandonné le latin, l'idiome de l'Église, pour exprimer sa pensée en français et prôner l'ordre et la clarté, soumettant ainsi la langue à la rigueur des lois mathématiques. Le latin, il le retrouvera pour ses *Méditations métaphysiques*. À Dieu le mystère et le lyrisme, à l'homme la raison et la logique du discours. Retour à Nicée et au débat sur la double nature ?

Double nature
On l'oublie aujourd'hui que ces querelles théologiques nous renvoient ironiquement au débat byzantin sur le sexe des anges, pourtant cette question de la double nature, qui mobilisa les plus hauts esprits, autour de laquelle fut organisé le premier concile de Nicée, nous lui devons, allez, beaucoup. De quoi s'agit-il ? De ceci : est-ce que le Fils est de même nature que le Père ? Autrement dit : Jésus, fils de Dieu, né d'une femme, qui souffrit sa passion et fut mis au tombeau, peut-il être à la fois homme et Dieu ? Ou doit-on penser que pour s'incarner il mit entre parenthèses sa divinité pour vivre sa vie d'homme jusqu'au matin de Pâques, ce qui revient à dire que le fils de Dieu fut pendant trente-trois ans comme vous et moi, donc rien de bien divin, thèse « raisonnable » défendue par Arius et combattue, tiens, par saint Basile (on comprend pourquoi sœur Ursuline fait

grand cas de son jugement), ou, tout en étant homme, ne cessa-t-il pas d'être Dieu, ce qui pose un autre problème, car dans ce cas nous ne le reconnaissons plus à part entière comme notre frère en humanité, il nous manquera toujours dans cette *Imitation de Jésus-Christ* la filiation divine. On se rappelle, dans *Le Menteur*, l'apostrophe du père à son fils : « Pour être gentilhomme croyez-vous qu'il suffit d'être sorti de moi ? » Écho sécularisé, affadi, du vieux questionnement nicéen : pour être Dieu, suffit-il d'avoir Dieu pour Père ? Ce qui d'emblée soulève la question de l'élection par la naissance et celle de la consubstantialité (en idiome contemporain : mon fils et moi, c'est tout un). Ce qui pose la question du poids de la parole. Car le Verbe qui se fait chair, Dieu s'incarnant en son fils Jésus, donne à la parole une valeur divine. Parole de gentilhomme, disait-on de ceux-là qui se considéraient comme les croisés du Christ. Même monnaie que parole d'évangile. Grâce à quoi Dom Juan, bénéficiant de cette ligne de crédit que lui offre sa naissance, promet impunément le mariage ou le remboursement de ses dettes. Condamnant l'arianisme, repoussant ainsi pour plus de mille ans l'avènement du règne de la raison, Nicée trancha : Lumière née de la Lumière, vrai Dieu né du vrai Dieu, engendré non pas créé, c'est-à-dire pleinement homme et pleinement Dieu. Formidable gymnastique quantique de l'esprit, quelque chose comme à la fois onde et particule, obligeant à ne jamais trancher. Conséquences de cette théorie de la Lumière ?

Théorie de la Lumière
Voilà qui change tout, et renvoie à leur dualisme primaire les positions sans nuance des gnostiques et des manichéens pour qui le monde est une bataille rangée : maillot clair, la Lumière, l'Esprit, le Bien ; maillot foncé, les Ténèbres, la Matière, le Mal. Robert Mitchum, arbitre vêtu de noir dans *La Nuit du chasseur*, résumant l'affrontement sur ses phalanges comme sur un panneau d'affichage : *love, hate*. De sorte que pour devenir un pur esprit et être sauvé, mieux vaut ne pas se compromettre avec la vie terrestre et ses mauvaises fréquentations. Le moyen ? Les mêmes vieilles recettes que reprendront les cathares : célibat et végétarisme, ce qui incita certains à se retirer au désert, loin des tentations, et à s'alimenter exclusivement de sauterelles (petite entorse au régime) et de miel sauvage. Où l'on retrouve le saint Antoine de Flaubert, lequel, l'ermite de

Croisset, après s'être saoulé de lyrisme patristique, concluait tristement devant la moue dubitative de ses deux amis que décidément des perles ne font pas un collier. Car aux perles il faut non seulement un collier, mais au collier un joli port de tête, un décolleté enivrant, un parfum de femme, il faut, et ce sera, le corps d'Emma. Double nature du roman. Dans le courant du Ier siècle fleurit un temps une doctrine, le docétisme, qui admettait que Jésus fût le fils de Dieu, mais ne pouvant concevoir un Dieu souffrant, elle avançait qu'il n'avait eu qu'une apparence de corps, ce qui reviendrait à imaginer un Jésus hologramme parmi ses disciples, ce qui rend effectivement l'épreuve de la croix moins douloureuse, et un jeu d'enfant la Résurrection, au lieu qu'avec un corps de chair éminemment corruptible, qui tombe en poussière « façon puzzle », allez renaître au dernier jour. Mais sans Passion pas de Rédemption. Les esprits du temps auront bataillé, élaboré mille théories, avant de se rendre plutôt de mauvais gré au symbole nicéen qui cimentait le Père et le Fils et empêchait d'enfoncer un coin dualiste entre eux. Mais pas facile à avaler, absurde, ne tient pas debout, heurte le bon sens. Pour les réticents, un demi-siècle plus tard, les équilibristes du concile de Chalcédoine affûtaient encore leur credo : « Notre Seigneur Jésus-Christ, le même parfait en divinité, le même parfait en humanité, consubstantiel au Père selon la divinité et le même consubstantiel à nous selon l'humanité. En tout semblable à nous, sauf le péché. »

Sauf le péché
Les funambules de la double nature le savent bien, ce n'est pas au vieux singe qu'on apprend à faire la grimace, c'est le péché qui fait l'homme. Sinon, qu'est-ce qui distinguerait l'homme parfait du Dieu parfaitement homme ? Quel besoin aurions-nous d'être sauvés ? Et de quoi ? D'un monde où tout irait pour le mieux ? Pour les conciliaires de Nicée, le péché, c'est la pierre d'angle, le nerf de la guerre civile intérieure qui se livre en chaque conscience. Ce qui les rend extrêmement pointilleux sur le respect des règles du jeu, c'est-à-dire du jeu de la vie, ne manquant pas de siffler ceux qui délibérément se mettent hors jeu comme ces émasculés volontaires, parmi lesquels Origène, oui, le doux Origène, qui avançait que même le Diable pouvait être sauvé, et qui aurait pris à la lettre la mystérieuse parole : « […] et il y a des eunuques qui se sont rendus eunuques eux-mêmes à cause du Royaume des cieux » (Mat-

thieu 19, 12), c'est du moins ce que raconte Eusèbe de Césarée dans son *Histoire ecclésiastique,* et rien n'est moins avéré, puisque son biographe n'était pas né à la mort d'Origène en 253. Il n'empêche que sur son témoignage les artistes de Nicée, dans le premier canon qui suit le credo, lui infligèrent un blâme *post mortem* et dénoncèrent ceux qui coupaient court, et de cette manière radicale, à la tentation de la chair. Pour ceux-là, plumes et goudron, des tricheurs. Car la tentation, on y résiste ou on y succombe, mais on ne biseaute pas. Les tenants de la double nature se montrent même très réservés avec les anachorètes qui se retirent au désert, méprisant ainsi ouvertement les beautés de la Création. Ceux-là non plus ne jouent pas le jeu. D'autant qu'après avoir conclu que le Fils de Dieu n'en est pas moins homme, le corps n'est plus cette matière vile, il devient une cause sacrée, à considérer. Mutiler le corps, dès lors que le Verbe s'est incarné en lui, revient à couper la Parole, le son, la ligne directe terre-ciel, se rendre sourd au message divin, se condamner au silence, aux ténèbres, c'est renoncer au salut. Suivant cette logique, le canon 13 du concile in Trullo de 681 en viendra même à autoriser le mariage des clercs. Où il est dit que le dualisme ne passera pas par là. En fait, on sait que ça prendra un peu de temps mais qu'il y repassera. En attendant, voilà qui apporte une réponse, ce Dieu fait homme, à la délicate question des images.

Des images
L'interdit relevait d'une pensée logique, pleine de bon sens : « Puisque vous n'avez vu aucune forme le jour où Yahvé vous a parlé, à l'Horeb, du milieu du feu, n'allez pas vous pervertir et vous faire une statue ayant forme de quelque idole que ce soit » (Deutéronome 4, 15). Mieux vaut rien que ces élucubrations fantaisistes. Chercher à rendre l'invisible c'est se condamner à adorer une image hasardeuse, réductrice, bricolée avec ce qui nous passe sous le nez entre ciel et terre, patchwork amalgamant des éléments de ce qui vole, nage, rampe et marche, ce qui revient à fabriquer une chimère. Dieu, une chimère ? Avec une tête d'homme, des seins de femme, un corps de taureau et des nageoires ? Voilà à quoi on s'expose. Plutôt s'abstenir que se prosterner devant ces manipulations génétiques. Or, premier commandement : « Tu n'auras pas d'autres dieux en face de moi » (Décalogue 20, 3). Les modeleurs d'argile seraient bien avisés de se

contenter de tourner la terre pour en tirer des poteries. À la rigueur, une petite frise sigillée sur les bords pour apporter une touche personnelle. Dieu est inimaginable. Sinon à travers ses manifestations : sa Création et ses prises de parole tonitruantes. Car s'il demeure caché, de derrière le monde des apparences, du cœur du Buisson ardent, en voix off, il n'hésite pas à dire tout haut ce qu'il pense. Il charge même certains de s'en faire l'écho auprès de ceux de son peuple affectés d'une soudaine surdité. Mais comment diffuser ses commandements sans qu'on accuse son porte-voix de se prendre pour qui on sait ? Dieu a dit comme Jacques a dit ? Comment tailler dans le vent l'empreinte du souffle divin ? À moins de capter dans l'air les vibrations de la voix pour les plaquer en petits griffures sur un rocher. Le feu, la pierre, Dieu, sa Loi : d'emblée l'Écriture s'entoure des plus hauts parrainages. Intimidant. Pas d'autre voie ensuite que le commentaire infini et respectueux. Pas question d'en prendre à son aise, de faire un roman du texte divin pétrifié. Mais quand le Verbe s'incarne ? C'est-à-dire ? Eh bien, quand la parole divine devient visible, quand le porte-parole n'est plus une table de pierre, mais un corps d'homme, né d'une femme, un corps qui parle, qui se nourrit, boit, aime et meurt. En gros, comme nous. L'interdit portait sur une interprétation de l'invisible, non ? Maintenant qu'on a vu, on pourrait peut-être se risquer à la représentation ?

La représentation
Donc un corps d'homme, engendré et non pas créé, et par ce prodigieux tour sémantique, fils de Dieu, et Dieu lui-même. Car créé, le Fils ne serait plus de même nature que le Père, juste un Dieu de la seconde génération, un demi-dieu à l'antique comme on dit à l'ancienne, une moitié d'infini. Créé induit aussi qu'avant d'être il ne serait pas, autant dire l'invention du zéro. Pas concevable, Dieu n'a ni commencement ni fin. Au lieu qu'engendré, nous comprenons qu'avant tous les siècles, ainsi que le formule le credo nicéen, il était là, et qu'à un moment donné de son calendrier céleste, peut-être attristé par ce que nous sommes, hésitant à rappeler à lui toutes ses créatures comme on le fait d'une mauvaise série, il choisit d'envoyer sur le terrain son homme de confiance avec mission de sauver ce qui pouvait l'être, le faisant transiter par le corps d'une femme pour le rendre visible à nos yeux, qu'il teste au nom du Père fondateur les installations de ce monde, avec ses grands tourments, en commençant

par ceux de la naissance, et, pour ce faire, ne cherchez plus la femme, il l'a trouvée, c'est une Marie pleine de grâces, qui devient par le prodige de cet enfantement spirituel à la fois fille et mère de Dieu, ce qui constitue la version féminine de la double nature et pour nos cerveaux nourris de déterminisme historique encore une quadrature du cercle, car enfin, comment peut-elle être au commencement, puisque mère de Dieu, tout en ne pouvant pas y être puisque créée par lui, qu'est-ce que c'est que cette fable de l'engendreur engendré ? Et pourtant, à vos pinceaux. C'est ce réalisme absurde que vous êtes maintenant conviés à représenter. Ces signes que l'on se plaisait à tracer sur les parois des hypogées, dans le secret des catacombes, ce poisson *ichtys* et son message codé porté par chaque lettre de son nom, cette lettre *tau* schématisant le fils de l'homme, il ne s'agit plus seulement qu'ils soient parlants, on attend maintenant qu'ils s'incarnent, on demande à le voir, ce corps deux en un, dont on raconte la fin tragique. Et c'est bien ce qui chagrine ceux-là qui se lancent dans l'aventure picturale de ce reportage mystique. Car un Dieu fait homme, si on se contente de restituer son enveloppe charnelle, qu'est-ce qui le distinguera de tous les malfrats que l'on cloue au pilori ? Flanqué des deux larrons, on le prendra pour un chef de bande. Comment rendre sa nature divine ?

Nature divine
La grande bagarre est lancée, dont nous allons suivre les péripéties par images interposées pendant douze siècles. Il n'y a qu'à regarder, suivre l'évolution de ce corps élu. Peu à peu, inexorablement, nous le voyons perdre les attributs de son ascendance divine et de sa miraculeuse conception pour adopter à s'y méprendre les contours de notre dépouille terrestre. Car ce qui est en jeu, cette tension sous-jacente à la représentation du corps divin, c'est la résistance des forces qui maintiennent au sein d'un même corps, comme des particules à l'intérieur d'un noyau atomique, les deux natures, humaine et divine. Ce qui est en jeu et qui va à terme déchaîner le feu nucléaire, pauvre rime humaine au Buisson ardent de l'Horeb, c'est un processus de fission. Il faut croire qu'une juste balance entre les deux natures est difficilement tenable puisque, le défi de la représentation une fois lancé, c'est aussitôt l'homme-Dieu qui s'impose. Respect, intimidation, après des siècles d'interdit on ne va pas

d'emblée sur ce corps sacré se livrer à une brutale leçon d'anatomie. Disséquer Dieu, le mettre en planches ? On n'en aurait pas idée. Pas encore. On lui réserve un traitement dû à son rang de Très-Haut. Ainsi ce vendredi noir vers les trois heures, quand tout est consommé, que le rideau du temple se déchire, on veille même à alléger ses souffrances terriennes, à les rendre presque impalpables, à faire de cette mauvaise passe une étape obligée, mais ne vous inquiétez pas, gens de bonne foi, ceci afin que s'accomplisse la volonté du Père, tout se déroulera comme annoncé, si bien qu'il semble sur la croix en transit, comme un papillon élégant que trois épingles retiennent temporairement de prendre son envol. Et pour éviter la confusion avec la paire de voleurs qui l'encadre, on lui glisse derrière la tête un petit coussin rond, tout doré, éblouissant, jetant ses feux, comme un soleil. Cette Parole qui jaillit au centre du disque solaire nous renvoie ainsi à celle qui, au cœur du buisson enflammé, dicta sa loi. Pour compléter le tableau, on distingue de même les douze vaillants de sa garde sainte, en inventant pour eux une tonsure verticale, qui leur sort littéralement de la tête, douze lunes satellites, qui composent autour du Dieu-Lumière incarné la nouvelle carte du ciel. Celle-ci établie, on demande métaphoriquement au soleil couchant, au seuil des ténèbres, qu'il nous parle de la fin des temps.

La fin des temps
Car cette histoire a un sens, unique, qui va inexorablement vers son terme. En quoi la métaphore solaire montre ses limites. Nous ne sommes pas ici dans cette ronde folle, qu'est l'éternel retour. Pas de karma, aucune chance de revenir métamorphosé en orange ou en lapin. À la fin des temps on procède au dépouillement. Fumée blanche ou fumée noire, sauvé ou damné, la félicité ou la chute. Du soleil, en dépit de ce disque lumineux qui cerne la sainte face, ce n'est pas le tourniquet infernal que l'on retient, mais cette dialectique lumière-ténèbres, cette ligne d'horizon qui se tend entre le jour et la nuit, cette frontière qui absorbe les derniers rayons comme un trou noir, laquelle nous ferait immanquablement retomber dans les travers binaires, gnostiques et manichéens, s'il n'existait une troisième force, qui naît au cœur de la nuit obscure et s'élève vers la lumière, qui lie entre elles les deux natures, humaine et divine, les confond, les rend indissociables, sans laquelle la fission

est inévitable, rendant la lumière au ciel et le corps à la poussière, une force d'attraction formidable qui est, eh bien oui, l'amour. Ce qui se comprend. Un Verbe incarné, sans amour, ça donnerait quoi : un père fouettard ? un juriste pointilleux ? un bonimenteur ivre de sa parole promettant le salut comme un vendeur d'élixir la crinière de Samson aux chauves ? Si donc cette histoire a un commencement et une fin elle implique que le créateur-auteur soit là de bout en bout, c'est pourquoi la version johannique en fait, à la lettre, l'alpha et l'omega. D'ailleurs le brouet halluciné de l'Apocalypse marque les esprits, lettre d'un voyant de la fin annonçant en termes guerriers que c'est pour bientôt, que « le temps est proche ». Alors on se dépêche d'installer Dieu en majesté au tympan, à l'ouest, au couchant, à la place terminale où il procédera au Jugement dernier, de sorte que pénétrant dans le sanctuaire nous savons déjà à quoi nous attendre. Le revenu d'entre les morts n'affiche pas ses plaies. Un vrai Dieu rayonnant, sans les ecchymoses de sa courte vie. Les artistes parant au plus pressé auraient-ils renoncé à rendre sa nature humaine, remise du coup à la saint-glinglin ? échoué à rendre le credo nicéen ? Voyons. La mandorle, cette amande verticale à l'intérieur de laquelle trône le Fils qui est le Père. Ça ne vous dit rien ?

Allons, ne soyons pas plus prudes que le Prince du Ciel : c'est, euh, le sexe de Marie.

Le sexe de Marie
C'est un monde. C'est le monde, courbe comme il se doit, aux quatre dimensions de l'espace-temps, à la cinquième de la parole amoureuse, où Dieu se tient en majesté. C'est l'alpha par où tout commence, par où tout recommence sans cesse, qui repousse toujours plus loin l'oméga de la fin des temps. Ce qui contrarie l'ermite de Patmos qui, avec des trémolos à envoyer les cendres de Jean Moulin au Panthéon, aimerait bien en finir au plus vite. L'Apocalypse, il en a besoin pour sa démonstration, comme d'autres déclenchent une guerre pour s'éviter un ennui domestique. Qu'on se rappelle son incipit fracassant, le plus célèbre de toute la littérature, qu'il dut ressasser longtemps, peaufiner, ruminer, attendant que les autres se lancent pour les écraser de sa superbe. Il suffit de comparer, de prendre la phrase d'ouverture de chacun des Évangiles synoptiques (tellement semblables qu'on se demande lequel a copié sur l'autre). Matthieu en bon comptable : « Généalogie de Jésus-Christ

fils de David, fils d'Abraham » (à quoi on aboutit à Joseph, « époux de Marie de laquelle naquit Jésus », autant dire un collapsus car si Joseph n'est pas le père, toute cette généalogie tombe à l'eau, et s'il l'est, son fils s'appelle Jésus comme tout le monde), ensuite Marc en scribe besogneux : « Commencement de l'Évangile de Jésus-Christ, Fils de Dieu » (« Marie sa mère ayant été fiancée à Joseph se trouva enceinte de l'Esprit-Saint » — laconique), puis Luc dans la posture de l'historien : « Puisque beaucoup ont entrepris de composer un récit des événements qui se sont accomplis parmi nous » (comme s'il se justifiait d'entreprendre une énième vie de Napoléon), mais qui enchaîne sur la conception mystique, où l'on voit la mignonne Marie s'excuser presque auprès de l'ange : « Comment cela se fera-t-il puisque je ne connais point d'homme ? » Le monde d'alors attendit sans doute avec intérêt de connaître sur cette naissance fabuleuse la version du préféré ? D'emblée l'ébouillanté de Patmos marque sa différence, pas question d'un quatrième copier-coller, sa formule est prête, qui va balayer les trois autres, renvoyer ses camarades à leurs souvenirs, et contourner la délicate question de la conception : « Au commencement était le Verbe. » De fait, on prend de la hauteur, le ton est doctoral. On doit même patienter un peu avant d'arriver à l'équation fameuse : « Et le Verbe s'est fait chair. » Mais comment, au fait ?

Comment, au fait ?
Là, on n'en saura pas plus. Jean, après nous avoir parlé de la prédication du baptiste au terme de laquelle on voit Jésus qui passe (« voici l'agneau de Dieu qui ôte le péché du monde », qui ? celui-là, le grand brun), nous conduit tout droit à Cana, où l'on se marie, où l'eau baptismale se change en vin et où, glisse-t-il, la mère de Jésus était là, qu'il ne nomme même pas. Inutile, puisqu'il vient de nous expliquer que Jésus est né des eaux du Jourdain et d'un effet d'annonce. D'ailleurs cette mère en trop, le sorti des eaux l'offre du haut de la croix à son meilleur ami : « Femme, voilà ton fils », et au disciple préféré : « Voilà ta mère. » Et hop, voilà comment on se débarrasse de la génitrice. Et donc toute cette histoire d'eau, de vin et de sang, tout cet écran de fumée théologique du Verbe qui se fait chair, pour ne pas avoir à parler de cette pénétrante opération du Saint-Esprit. Du coup, chez le quatrième évangéliste, pas de petit Jésus en agaçant surdoué tenant tête aux docteurs de la Loi, pas de pré-

sentation au temple, pas de circoncision au huitième jour, pas de crèche faute de place à l'hôtellerie du caravansérail, pas de nativité avec âne, bœuf, bergers, moutons, ange, étoile et père nourricier, pas de Marie accueillant on ne sait qui en elle pour donner vie à la parole. Celui-là, l'agneau, débarque à trente ans parfaitement fait homme. Le coup de force de l'Apocalypse précipitant tous les fidèles dans cette tension de la fin des temps aura permis de repousser pendant quelques siècles la délicate question de la conception (est-ce à dire le péché du monde ?). En accord avec les écrits johanniques, c'est bien l'homme de Cana au centre de la vulve maternelle qu'on installe en majesté au tympan des églises romanes, s'apprêtant à délibérer et à rendre son verdict. L'ennui, c'est que la fin des temps, quand elle n'arrive pas, le temps paraît long. C'est le commencement de la fin. C'est la fin de tout. À force de ne rien voir venir, on commence à se poser des questions, le corps sur la croix se fait de moins en moins aérien, s'affaisse comme un fruit lourd, tire sur ses plaies, sur le visage s'impriment de plus en plus douloureusement les signes de la souffrance, les yeux se révulsent, les paupières tombent, la couronne d'épines s'enfonce dans le crâne, manière d'enfoncez-vous ça bien dans la tête. Ça, quoi ? Qu'un parfaitement homme, même parfaitement Dieu, ça meurt.

Ça meurt
Ce qui, mourir, n'est pas grave en soi aussi longtemps qu'on considère cette traversée des ténèbres comme une formalité, un passage obligé, un petit trou d'air, une absence d'à peine quarante-huit heures dans l'emploi du temps de l'Homme-Dieu. Après quoi tout rentrera dans l'ordre divin et lui, ses amis rassurés par ses réapparitions impromptues, sa mission sur terre accomplie, pourra regagner la maison de son Père. Mais se rappeler que le vendredi après-midi sur les coups de trois heures on n'en menait pas large. Le sang coulant de la plaie qui se change en eau, comme si cette eau du Jourdain en lui était victime d'un phénomène de rejet, le vin de Cana et de l'eucharistie qui tourne au vinaigre, ce même vinaigre qui imbibe l'éponge que présente aux lèvres du supplicié au bout d'une branche d'hysope un légionnaire sensible, la mère répudiée qui pleure doublement la perte de son fils, le disciple favori qui se demande s'il a misé sur le bon numéro, le ciel qui s'obscurcit, le voile du

temple qui se déchire, c'est peu dire que tout est consommé. La sortie du tunnel, si ce n'est à Pâques, il ne faut pas rêver, ce ne sera pas non plus à la Trinité. Tout repose donc sur celui qui se prépare à entrer dans la nuit. Donne-t-il l'impression qu'il fera de cet accroc spatio-temporel, la mort, son affaire, qu'il lui réglera rapidement, en moins de deux jours, son compte, et la confiance est de mise, le matin de Pâques, la pierre qui ferme le tombeau sera déplacée, l'ange enroulera les bandelettes qui enserraient le linceul et la folie amoureuse de Marie-Madeleine sera tendrement tenue à distance par le ressuscité, ou, au contraire, son corps d'homme que l'on dépose avec peine de la croix comme un sac lourd épouse-t-il à s'y méprendre le sort des simples humains, et on doute que cette chair meurtrie se relève jamais d'entre les morts. On va donc attentivement ausculter son cadavre, pour voir s'il est possible de supporter une telle épreuve, si d'un tel choc on peut se remettre. Avec cette conséquence inattendue : plus le rendu minutieux du corps martyr s'affine et plus se perd l'espoir de la résurrection. Mais auparavant on va tenter l'opération de la dernière chance. Au moment de mourir, il est courant, et même les plus farouches, d'appeler sa mère. On va donc convoquer la répudiée, l'écartée du diptyque johannique, replacer la pièce manquante. En y mettant les formes : « Je vous salue, Marie. »

Je vous salue, Marie
Maintenant qu'on ne croit plus à la fin des temps, tous les espoirs se tournent vers celle-là, notre « mère, la femme » qui repousse indéfiniment le cataclysme final. On avait cru pouvoir se passer de son sésame, entrer dans le mystère de la vie par la sortie. Il y a bien une femme dans l'Apocalypse, mais une sorte d'alien luttant avec un dragon, très loin de la petite paysanne de Palestine que Jean, après que son ami la lui eut confiée, emmena avec lui dans ses tribulations, jusqu'à Éphèse où elle mourut. Même si dans le texte apocalyptique il se garde bien, comme à Cana, de dire son nom, gêné sans doute par l'usage détourné qu'il fait de sa mère adoptée, ou n'y songeant même pas. D'ailleurs on peut penser qu'elle aurait du mal à se reconnaître : « Une Femme enveloppée du soleil, et la lune sous ses pieds et sur sa tête une couronne de douze étoiles. » C'est pourtant par ce biais que Marie fait son grand retour : en reine du Ciel. C'est bien le moins pour la mère de Dieu. En la faisant monter sur le trône

céleste, on prépare donc la petite paysanne comme un arbre de Noël. Pas besoin d'interprétation, nous dit Marie, ils ont compris là-haut que nous sommes des êtres simples. C'est son grand manteau bleu piqué d'étoiles qui couvre la voûte des cathédrales gothiques. Lesquelles, féminines, ouvertes, lui sont dédiées. Notre Dame essaime à tous vents. On s'en remet à elle, à l'alpha toujours recommencé. C'est elle, la source de vie. La mort nous fatigue, la résurrection est trop contingente de la fin des temps. On reprend tout de zéro, par le commencement. Par elle, on s'intéresse désormais à la naissance (on en viendra même, plus tard, à recalculer l'an 1 du vieux calendrier julien). On délaisse les délires johanniques pour se pencher sur les Évangiles synoptiques, écouter la version des trois autres biographes qui, eux, n'ont pas reculé devant le récit de la trouble conception. On va donc mettre en scène la nativité. La crèche ? Une idée de François d'Assise. Le Poverello dans son imitation de Jésus-Christ prenant tout à la lettre, des langes aux stigmates. Puisque Dieu est partout dans sa Création, qu'il ne répugne pas à la matière, « béni sois-tu Seigneur pour notre frère Soleil, notre sœur la mort et les biens de ce monde ». On parle aux oiseaux, on sermonne le loup de Gubbio. Un Dieu tellement humain, de plus en plus humain, bientôt plus rien qu'humain.

Rien qu'humain
Encore un peu, une poignée d'années, et Montaigne pourra lancer sa formule programmatique pour les temps à venir. Maintenant l'homme est seul, inscrivant son itinéraire strictement entre la naissance et la mort, et rien qui dépasse sur ce lit de Procuste de la condition humaine. Dans cet entre-deux ne reste plus pour lui qu'à « bien faire l'homme », autant dire bien faire le mort. Et un qui le fait bien, qu'on a pourtant connu en d'autres temps plus glorieux, siégeant en majesté aux tympans des églises de Moissac et de Conques, c'est le Christ peint par Holbein le Jeune. Il s'agit du même pourtant. Et si on le reconnaît, c'est par habitude, à quelques signes distinctifs : pieds et mains percés aux plaies purulentes quand on nous avait habitué à un sobre point rouge comme on en pose dans les galeries d'art sur les tableaux déjà acquis, l'incision au flanc droit, le front légèrement tuméfié, mais ce cadavre jaune à la face verdâtre, descendu par des employés des pompes funèbres de sa croix

et déposé anonymement dans un coin de la morgue où personne ne viendra le réclamer, on ne croit pas une seconde qu'il puisse s'en remettre, se relever radieux d'entre les morts, comme un illusionniste sortant sans une égratignure de sa boîte qu'on avait, pendant qu'il s'y cachait, transpercée de sabres, et saluant tout sourires l'assemblée des ébahis. Celui-là a visiblement mal supporté son passage dans les ténèbres. Encore un de ces rêves d'Icare qui s'est fracassé dans la mer Égée ou au pied de la tour Eiffel. On lui a retiré sa double couronne, celle d'épines pour la Rédemption et l'auréole solaire pour la Résurrection. Du credo nicéen ne demeure que le versant concevable, réaliste : parfaitement homme. Pour trouver trace d'un quelconque signe de sa divinité il faut faire preuve de bonne volonté, de bonne foi. (« C'est ici un livre de bonne foi, lecteur », commence Montaigne, qui propose au monde orphelin de remplacer le Livre, par un « essai » de livre.) Ce cadavre à s'y méprendre a été peint en 1521, l'année où Holbein faisait à Bâle la connaissance d'Érasme et de l'humanisme, de cette pensée qui installe l'homme au centre, sur le trône déserté. La traque battait son plein. On en venait à sonder l'hostie pour y détecter la présence réelle ou non du corps du Christ. Aujourd'hui on l'enverrait dans un laboratoire à la recherche d'éventuelles traces d'ADN. Au ciel, le ciel.

Au ciel, le ciel
Souvenons-nous, ça ne remonte pas à si loin, une grosse soixantaine d'années avant le cadavre en voie de décomposition de Holbein. Sur ce panneau de la cathédrale de Borgo peint par Piero, c'est un sacré gaillard qui sort de la mort. Droit comme un i, l'air désinvolte, l'avant-bras gauche en appui sur le genou de la jambe pliée dont le pied repose sur le bord du tombeau dans la pose du chasseur piétinant son trophée, la main droite serrant fermement la hampe d'un drapeau blanc frappé de la croix, un guerrier, un vainqueur de la mort, légère incision au flanc, trous d'épingles sur le dos des mains et des pieds, vagues souvenirs de l'affrontement, un corps d'athlète, éclatant de santé, pas secoué une seconde par le traitement qu'on lui a fait subir. Le Christ nous regarde fixement : Qu'est-ce que je vous avais dit ? Bien le moins que la Parole incarnée tienne sa parole. Celui qui l'a dit, c'est celui qui l'a fait. Mais, cette fixité hypnotique, est-ce que ce regard nous regarde vraiment ? Trop beau

pour être vrai ? D'ailleurs au-dessous de lui ils sont quatre en armes, écroulés, dormant à poings fermés. Est-ce à dire qu'ils rêvent, comme rêvait Constantin dans son confortable lit de camp peint à fresque sur les murs de l'église San Francesco à Arezzo ? Alors, un rêve, la résurrection ? Et comme ces hommes sont les gardes du tombeau, un cauchemar de gardien de prison ? Le prisonnier qui s'évade ? Le mort qui sort de sa tombe ? À Bâle, soixante ans plus tard, on n'y croit plus du tout. Un humaniste a le réveil lucide. Pas comme ce doux rêveur de Piero qui s'imagine encore sortir indemne de l'autre côté des ténèbres, même si tout montre dans sa peinture que le dualisme triomphe à nouveau, la corniche du tombeau marquant la frontière entre la terre et le ciel, le réel et l'imaginaire. Un mort, ça ne joue pas les filles de l'air. Et Hans Holbein le Jeune choisit un cadre approprié à cette perspective sans élévation : un caisson, 30,5 cm de hauteur sur 2 m de largeur, celui des dormeurs de Piero. La mort, c'est bas de plafond. Si celui-là avec ses yeux révulsés avait la curieuse idée de se réveiller, il aurait du mal à trouver la sortie. À présent que les esprits sont mûrs, si on y regardait de plus près ? Du temps de la résurrection de la chair, où on évitait de découper les cadavres pour qu'ils ne débarquent pas estropiés dans l'autre monde, on n'aurait pas eu idée de prélever un cœur ou une main. *Noli me tangere*.

Noli me tangere
C'était jusque-là la loi : on ne touche pas au corps glorieux, puisqu'il va resservir, resurgir dans la lumière divine, intact, débarrassé des altérations de la vie terrestre, ainsi ces jeunes gens sortant le grand jour venu frais et dispos des tombeaux sur les frises gothiques. Mais maintenant que la lumière divine brille de moins d'éclat, que les auréoles s'éteignent l'une après l'autre, que les spéculations sur l'au-delà ne relèvent plus que d'une sorte de pari, le corps redescend pesamment sur terre. La déposition, c'est la première découverte de la pesanteur. Ce n'est pas à une pomme tombant d'un pommier que Newton doit d'avoir percé le secret des lois de la gravitation universelle, c'est à ce corps descendu lourdement de la croix, qui demande plusieurs hommes solides pour le recevoir, on les entend entre eux se mettre en garde, doucement, attention, que quelqu'un vienne m'aider, tandis qu'un autre hasarde peut-être qu'il ne craint plus grand-chose. Ce corps allongé, la tête renversée,

déposé sur une table de pierre recouverte juste d'un drap, c'en est bien fini désormais du papillon épinglé. Inutile de placer des gardes autour du tombeau. Il ne s'envolera pas. Mais le ciel a horreur du vide. Il va falloir vite le combler, masquer le forfait. À ce corps du Dieu unique qui a fait son temps, on ne tarde pas à trouver des milliers de remplaçants, à mettre en place le nouveau panthéon astronomique avec ses milliers de corps célestes. Les nouveaux magiciens du savoir secouent le grand manteau de Marie et il en sort une pluie d'étoiles. Mais on demeure prudent. On ne passe pas brutalement d'une vision du monde à une autre. Copernic aurait pu lire son brûlot devant le mort de Holbein, mais il attendit prudemment de mourir pour faire paraître son *De revolutionibus orbium coelestium libri sex*. Que la Terre ne soit plus au centre de l'univers, voilà qui n'était pas acceptable pour les créatures de Dieu ; qu'en plus elle s'amuse à tourner sur elle-même et autour du Soleil, pensez que si c'était vrai, celui qui en six jours a fait le monde aurait été au courant, tout de même, et dans les Écritures, nous l'eût fait savoir. Or pas un mot. C'est louche. Le chanoine polonais savait ce qu'il encourait. Avec l'Inquisition qui a encore la torche vaillante, mieux vaut ne pas jouer avec le feu. Reste qu'on a un cadavre sur les bras. Qu'est-ce qu'on fait du corps ? Comment s'en débarrasser ?

S'en débarrasser
Un cadavre, tous les meurtriers connaissent la technique pour le faire disparaître, on le découpe et on disperse les morceaux. Déjà, avec les reliques et leur commerce juteux, on s'était habitué à ce qu'une dent soit exhibée à cent lieues de la mâchoire de Jean, et le peigne de Matthieu bien loin de son unique cheveu. On se souvient des expéditions commandos pour s'approprier quelques os de saint Benoît. Montaigne courant en Italie pour dissoudre ses calculs rénaux découvre ainsi les têtes décapitées de Pierre et de Paul, plusieurs linges imprimés de Véronique et une fiole du lait de la Vierge. C'est que la demande était importante (avec tous les morceaux annoncés de la vraie croix on pourrait reboiser le désert du Néguev), et les corps n'avaient pas trois mains. On essayait de contenter tout le monde. Le cœur d'Anne en Bretagne, et le reste à côté de l'un ou l'autre de ses époux royaux. La présence réelle dans l'hostie du corps du Christ, à la fois entier et dispersé (encore un aspect holographique de la

double nature), la même part pour tous, riches ou pauvres, c'était la solution rêvée. Maintenant qu'on a sorti de la pastille de pain azyme le plus grand des contorsionnistes, il va falloir se répartir le corps à l'ancienne. Alors ce cadavre à la morgue, on ne va pas se gêner, d'autant qu'on craint de moins en moins une sanction céleste — bonnes filles, les étoiles. Ce serait même un bon moyen, cette investigation au cœur de la chair, d'en apprendre un peu plus sur ce mystère qui fait qu'à un moment donné (mais donné par qui ?) la formidable mécanique humaine s'arrête. Alors qu'est-ce qui coince ? D'ailleurs il suffit d'agrandir l'incision sur le flanc droit. Le corps du Christ de Holbein que personne n'est venu réclamer attend ainsi dans le froid de la morgue sa première leçon d'anatomie. On va pouvoir farfouiller. Déjà Paré ligature, publie ses traités : *Méthode curative des plaies et fractures de la tête*, *Dix livres de chirurgie*. En Italie, au même moment, le docteur Fallope met son nez dans les fameuses trompes. Pas étonnant que notre Marie reine des cieux choisisse cette période pour apparaître un peu partout. Elle sent le danger. Bientôt on racontera que sa conception miraculeuse était une FIV. Mais la Parole incarnée, maintenant qu'elle n'a plus de corps, qu'est-ce qu'on en fait ? Comme la voix de la petite sirène ? On en revient au poisson *ichtys* ? Le Verbe, muet comme une carpe ? Mystère.

Mystère
De la Passion ? Quoi d'autre, sinon ? Après la mise en scène de la naissance, celle de la mort. Après la nativité, la crucifixion. Après la grotte, son négatif, le rocher. La séquence humaine du Christ aura connu deux époques : la première, une trentaine d'années, en Palestine, sous le règne d'Auguste et de Tibère, la seconde, entre 1223 et 1548, entre la première crèche vivante de François d'Assise dans la chapelle du château de Greccio, et l'interdiction faite par le Parlement aux confrères de la Passion de représenter le show pascal pour abus en tout genre. Nous ne doutons pas de la bonne intention du frère sourire. Dans son esprit, ce Dieu fait homme nous était si proche que même un bébé pouvait l'incarner, c'était un jeu d'enfant, et la nativité une dînette. Mais la représentation change de registre. Depuis l'interdit du mont Horeb jusqu'au corps souffrant en passant par le poisson et la face solaire, on a fait du chemin, au point que ce Dieu tellement fait homme qu'il nous ressemble comme un frère, on voit

bien qu'il peine de plus en plus à se relever d'entre les morts. Aussi, pour peu qu'on tienne à ressusciter, mieux vaut assurer et faire semblant de mourir. Comme au théâtre. On fait monter le petit Dieu sur les planches, le voilà transformé par l'imprésario d'Assise en enfant de la balle, et c'est logiquement qu'on le retrouve quelques dizaines d'années plus tard jouant sa Passion sur le parvis des églises. De la naissance à la mort, scènes de la vie de Jésus. De l'émotion, du rire (entre les scènes tragiques et édifiantes on glisse des intermèdes bouffons — Shakespeare copiera), et des larmes. De sang, bien sûr. La représentation poussée à son comble, reproductible. Le corps du Christ, c'est maintenant le corps de l'acteur. Ce qui a l'avantage de résoudre à la fois la question des reliques et celle de la présence réelle. On ne risque pas la pénurie. Les acteurs, ce n'est pas ce qui manque. Et un seul suffit pour mille spectateurs. Pendant que le corps sacré subit les lois de la pesanteur, s'affale sur son instrument de torture qui lui coupe le souffle (un crucifié meurt asphyxié), se décompose sur le tableau-meurtrière de Holbein, on procède à une chirurgie radicale, on prélève sa parole, on la fait sortir du corps, on désincarne le Verbe qui prend son autonomie, donne de la voix. Les trois coups sont frappés.

Trois clous ? Le clou du spectacle ? Apparition du corps du texte ? Du théâtre ?

Du théâtre
Où l'on entend des voix, des voix sortant de porte-voix, autant dire, maintenant que la parole n'est plus monopolisée par un seul corps, qu'elle est libre de vadrouiller à sa guise de bouche à oreille, qu'on ne va plus s'arrêter de parler. Désormais il ne suffit plus de dire seulement une parole pour que nous soyons guéris de notre mal de vivre. Tu parles, c'est tout ce que tu sais dire. Au ciel les astres et leur mécanique rigoureuse, aux frères humains la terre et son âge de raison. La vie est une histoire de répliquants. Se peut-il que nous en fassions un drame ? Pour que l'on comprenne que le nouvel ordre du monde s'est inversé, Dieu en *deus ex machina,* on le fait descendre des cintres, en même temps que par une ironie évangélique les indigents, ceux à qui l'on promettait le royaume des cieux, grimpent au paradis (1606 — galerie supérieure d'un théâtre). Dieu ? Si la parole n'est plus unique, si elle se polyphonise, pourquoi se priver. Allons, ne soyons pas chiches, noyons l'unique dans le

plus grand nombre. Des dieux, multiples et variés. La Renaissance dit bien que nous vivions sur une naissance, celle du bébé de la crèche qui avait installé en la signant de ses initiales cette ligne de partage entre l'avant et l'après de la révélation incarnée. Comme celui-là ne donne plus signe de vie, on propose donc de renaître, mais autrement, sur le mode un dieu de perdu, dix de retrouvés, de retrouver, par exemple, les dieux antiques, bien plus accommodants, compréhensifs, pas menaçants comme celui de l'Horeb, des dieux à la bonne franquette qui pique-niquent et s'aiment dans les jardins de Versailles, dans le plus grand théâtre du monde. Des dieux d'opérette. Chantons, dansons, dit le Roi-Soleil qui croit être le nouvel unique, qui n'a pas saisi que cette désincarnation de la parole annonce ce passage au multiple, du mystère de la Passion aux mystères des passions, qui pense qu'il y a une place vide à prendre, et qui se prend pour qui ? Ah oui, mon Dieu, pour l'État. L'être et le temps. Il ne perd rien pour attendre. On s'occupera de lui plus tard. On fera d'une pierre deux coups. Pour l'heure, le théâtre a un siècle et demi pour peaufiner sa machine infernale, entreprendre ce travail de sape contre la prétention des bien-nés et faire de la naissance un droit pour tous, c'est-à-dire en arriver à déclarer que tous les hommes *naissent,* etc. Bilan de la Révolution : tous des petits Jésus.

Des petits Jésus
La croisade des nouveau-nés. Pour ceux-là, qui ne se définissent plus par une généalogie miraculeuse (exit les peu raisonnables synoptiques et leur conception si spirituelle, saint Jean revient en force avec sa fin des temps ou sa fin de l'histoire) mais par un ensemble de droits, on invente un nouvel an 1. On reprendra la question des pères plus tard, pour l'heure, les compteurs sont remis à zéro, la génération est spontanée, les ancêtres, c'est nous. On a tiré les conséquences de l'apostrophe virtuelle de Figaro au comte Almaviva lancée chez Monsieur de Vaudreuil, cinq ans avant qu'une nuit d'août la société de l'Ancien Régime ne se saborde en abolissant ses privilèges. « Qu'avez-vous fait pour tant de biens ? » C'était déjà, un siècle et demi plus tôt, la question que posait le père du Menteur à son fils, doutant devant les agissements de son sang d'une transmission génétique des vertus chevaleresques. Ainsi pour les âmes bien nées, la valeur pouvait attendre et ne pas être au rendez-vous ? Le barbier qui en a vu d'autres et ne croit qu'à ses mérites lui souffle la réponse, définitive : « Vous

vous êtes donné la peine de naître, et rien de plus. » Même s'il pousse un peu, car naître, ce n'est pas rien. Mais cette fois, on n'y reviendra plus. Il n'y aura plus de comédie des masques, où le hasard de l'amour faisait si bien les choses, pour sauver les apparences. Alors, maintenant que la question de la naissance est réglée, qu'il n'y a plus de bien- ou de mal-nés, tous en scène ? Tout le monde sur le plateau ? On a vu que les places y étaient rares et chères. Même en se serrant comme les Petits Chanteurs à la Croix de Bois, et à condition de ne pas être remuant, ce qui permet tout juste de s'égosiller en mesure, il est à craindre que le théâtre ne soit trop étroit pour accueillir tous ces nouveaux acteurs, si longtemps tenus à l'écart par leur humble extraction, et qui brûlent de se faire entendre, de batailler, de donner la réplique, d'avoir une place en vue. Alors, qu'est-ce qu'on fait ? On construit un super-théâtre vaste comme le Nouveau Monde, ou bien est-ce qu'il ne faudrait pas envisager pour cette nouvelle comédie humaine de changer de genre ? C'est-à-dire ? Eh bien est-ce que le théâtre, qui a merveilleusement rempli sa mission, qui est parvenu à ses fins, est-ce que le théâtre est toujours apte à rendre compte des nouveaux enjeux de cette nouvelle donne ? Est-ce qu'il n'aurait pas fait son temps ?

Fait son temps
Le théâtre ? Plus d'actualité ? Le jeune Stendhal, par exemple, n'y croit pas du tout. Et pour cause, du théâtre il attend argent, gloire littéraire et succès féminins. L'espérance de vie stendhalienne, en somme. Stendhal, auteur dramatique ? Oui, oui. Quand on entreprit de dépouiller les malles où s'entassaient les papiers laissés à sa mort par Newton, on s'aperçut avec étonnement que quatre-vingt-dix pour cent de ses travaux concernaient des recherches alchimiques. Newton ? Le rigoureux scientifique ? Celui aux deux corps qui s'attirent ? Le même. D'où l'on s'interroge. Dans quelle mesure ce travail parfaitement vain a-t-il nourri ses fabuleuses découvertes ? Il existe ainsi un Stendhal « alchimiste » qui occupa trente ans de sa vie à l'écriture théâtrale. Trente ans, ce n'est pas rien dans une vie qui n'en compta que cinquante-neuf. Et d'autant plus si l'on enlève les années de formation. Même si sa passion pour l'art dramatique commença très tôt. Il a treize ans quand il entreprend d'écrire sa première pièce dont, dans *Henry Brulard,* il avoue avoir oublié le titre. Rafraîchissons-lui la mémoire : elle

s'appelait *Selmours*, et pas plus que les cinquante qui vont suivre il ne la mènera à son terme. Car cet engouement pour la chose dramatique, loin d'être une passade de jeunesse, ne va plus le quitter. Il monta lui-même sur scène, aima se déguiser, fut un spectateur assidu, fréquenta les actrices, participa avec *Racine et Shakespeare* à la querelle qui opposa les tenants du théâtre classique aux zélateurs du drame romantique, et pourtant, de retour dans son cabinet de travail, au moment de se mettre à l'ouvrage, il lui arrivait de ne pas aller plus loin que le titre. Qu'auraient raconté *La Descente à Quiberon*, *La Maison à dix portes* ? Sur *Ulysse* et *Hamlet*, on a une petite idée, mais il n'innovait pas vraiment, et d'ailleurs s'en rendait compte et concluait que décidément la tragédie n'était pas son genre, que son talent résidait dans « l'art de comiquer ». Au fait, pas davantage, non plus. *Les Deux Hommes* et *Letellier*, ses deux projets les plus importants, les remettant pendant vingt ans sur le métier, en dépit de ses intentions affichées, ne prêtent pas tellement à rire. C'est qu'en réalité il a beau relire Molière, prétendre qu'il tient un sujet plus fort que *Tartuffe*, ou, sortant du *Menteur*, se proposer de transformer la pièce de Corneille en opéra, visiblement le théâtre n'est pas son genre.

Pas son genre
Est-ce à dire que Stendhal n'est pas fait pour l'écriture dramatique ? Ce qui ne paraît pas une conclusion sans fondement si l'on songe aux cinquante tentatives répertoriées, du titre nu à l'ébauche d'un scénario, de quelques scènes griffonnées à la rédaction d'actes entiers, pour, après trente ans d'acharnement, hormis la traduction d'une pièce de Goldoni, rien, dramatiquement rien. Stendhal serait mort à quarante-six ans et on — quelques spécialistes de cette période qui couvre l'Empire et la Restauration — connaîtrait tout juste Henri Beyle, touriste, ami de Mérimée, faiseur de bons mots, et auteur de piratages impressionnants qui lui permirent d'écrire sous pseudo sans sourciller les vies de Rossini et de Mozart. Pas de quoi postuler à la postérité, ce que confirmerait la découverte inopinée par un chercheur en ratage littéraire de ses brouillons théâtraux. Alors qu'est-ce qui ne va pas ? Pas doué, Stendhal ? Écartons ce jugement hâtif, la suite nous donnerait immanquablement tort, d'autant que pendant toute cette période, on le retrouve tel qu'en lui-même dans son journal, commentant ses tâtonnements dramatiques avec cette extraordinaire liberté de ton qu'on lui connaît. Ce qui

rend d'autant plus incompréhensible la découverte d'un Stendhal flaubertien, racontant qu'il peine sur la phrase, se lamentant de sa faible production (« J'ai demeuré le mois passé deux heures cinquante-six minutes par vers », « Après m'être cassé la tête depuis 10 heures du matin jusqu'à 4 pour faire deux vers et demi », pour conclure : « Je suis las des vers »). Le Stendhal de la *Chartreuse* composée au débotté en moins de deux mois ? Le même. Ou pas le même car, pas de doute, il doit y avoir un problème, et pas seulement avec l'« art de faire des vers ». Un problème de visée ? Voyons : « Que me manque-t-il pour être heureux ? Société, argent, considération. Je n'ai qu'à faire "Les deux hommes" et dans un an j'ai tout cela. » Il adopte à la lettre les critères de réussite de l'époque qu'offre le théâtre où brille Talma. Sauf que ni *Les Deux Hommes* ni *Letellier* ne lui apporteront « tout cela », mais autre chose qui pointe son nez dans ses ébauches, le type de ce qu'il appelle l'« ambitieux parfait ». Julien Sorel, par exemple. Faudrait-il pour celui-là inapte à la scène faire du genre ? Un autre genre ? Après trente ans et cinquante tentatives avortées, Stendhal commente sobrement : « Impossibilité du drame. »

Impossibilité du drame
Inaptitude, incompatibilité, l'œuvre stendhalienne ne montera pas sur le plateau. Le plateau ? Par définition un lieu élevé et plat, un horizon, le lieu stratégique du pouvoir, un état de siège permanent, la fosse d'orchestre reproduisant le fossé féodal. La verticalité au théâtre, on connaissait avec les pièces à machine, mais c'était pour relier la terre et le ciel, la scène et les cintres, souligner la nature quasi divine du souverain, la partie visible de ce pouvoir, un donjon métaphorique. Mais quand les hommes partent du trente-sixième dessous, comme Sorel et Rastignac, comment montrer cette ascension qui commence sous le plateau ? Le plateau, c'est fait pour les gens arrivés, installés, en vue, les gentilshommes, les princes, voire les bourgeois. Il est arrivé qu'on y montre les tribulations d'un barbier, mais tout était descendu d'un étage, Almaviva, au moment où il sent les privilèges lui échapper, ayant des visées médiévales sur la chambrière. Mais on n'en est pas à mélanger les niveaux. Tout ce qu'obtient au final le valet Figaro c'est le droit d'épouser sa Suzanne. Il n'en est pas à convoiter la comtesse pour prendre du galon. *Le Mariage de Figaro,* c'est simplement le pla-

teau qui s'effondre. Et on sait, cinq ans plus tard, de quelle manière. En revanche, si ça ne fait pas mystère pour Dom Juan, on ignore comment Monsieur Jourdain s'est hissé jusque-là. Cette fortune colossale, on ne conteste pas les moyens forcément brutaux de son acquisition, on se contente de médire de l'usage qu'il en fait, qui lui sert à acheter bonnes manières et particule et en fait un rival pour les places chèrement payées du plateau. Maintenant que celui-ci s'est effondré, qui donnait à voir en lévitation les vieux symboles du pouvoir (Charles X s'est ridiculisé en se faisant sacrer à nouveau à Reims avec huile et tout le tintouin, légitimant par son obsession revival l'option historique du drame romantique), maintenant que sont mis au jour tous les mécanismes souterrains du monde nouveau, maintenant qu'un parti de rien peut par ses talents et l'intrigue se projeter dans la lumière, maintenant que les ancêtres, c'est nous, il n'est peut-être pas inintéressant de démonter comment ça se fabrique un ancêtre, de trouver un lieu à la mesure de cet espace vertical augmenté de ses bas-fonds pour dire cet empilement de plateaux, ces histoires millefeuilles. Intuition de Stendhal : « De là le règne du roman » ?

Le règne du roman
D'ailleurs, un signe que le théâtre n'est plus aussi vaillant que du temps où il renversait les têtes couronnées, qu'il se vit moins au présent, c'est qu'il promeut le drame historique, comme si de lui-même il renonçait à rendre compte des changements à vue de la société, sentant le besoin de modifier ses règles, de s'adapter mais pour faire concurrence à l'état civil. Maintenant que celui-ci s'est enrichi de ces nouvelles classes pour lesquelles l'enjeu n'est plus les signes théâtralisés du pouvoir, comme un trône ou un sceptre, mais l'accumulation de biens, le roman, qui empile ses chapitres comme les étages de la pension Vauquer, où l'art de la description se charge mieux qu'un décorateur de l'enregistrement des richesses, sera mieux adapté. Pourquoi Stendhal n'y a-t-il pas pensé plus tôt ? À noter que Balzac non plus, avec qui il donne pourtant en 1830, l'année de la prise du pouvoir par la bourgeoisie, le coup d'envoi du roman réaliste. Quand son père consent à le laisser un an dans sa mansarde parisienne pour lui permettre de faire ses preuves, Honoré, qui rêve aussi de gloire et d'amour, en vient à la même conclusion. En quoi il ne manque pas d'intuition,

puisque sept ans avant le drame homonyme de Hugo, le jeune homme de vingt et un ans entreprend d'écrire une tragédie en cinq actes et en vers, *Cromwell,* que ses juges convoqués par son père trouveront détestable. Mais décidément pour tous ceux-là, les fous de littérature, hors les vers point de salut. (Bouilhet trente ans après s'y essaie toujours, à propos duquel Flaubert, dont on connaît les problèmes d'oreille, prétendait à la sortie d'*Hélène Peyron* que c'était « plus beau qu'Eschyle »). On n'y a pas spontanément songé parce que le roman c'était, par exemple, *Les Natchez* de Chateaubriand, récit dans lequel Chactas, le héros indien né sur les bords du Mississippi et traîné à la cour de Louis XIV, discute dans une même journée avec Boileau, Molière, Racine, La Fontaine, Mme de Maintenon, Mansart, Le Nôtre. Autre chose, quoi. Si Stendhal déteste Chateaubriand, qu'il traite de charlatan, c'est aussi que lui-même se méfie de son « côté espagnol », de son imagination qui lui joue des tours. Les moyens de lutter ? Marcher droit à l'objet, faire des efforts pour être sec. Le règne du roman ? « Grave question à méditer », soupire Stendhal qui consulte sa montre : minuit moins cinq minutes.

Minuit moins cinq minutes
C'est l'heure. Un peu tardive, peut-être, mais en ce soir du 4 janvier 1830 on a le droit de veiller, ce minuit moins cinq signe l'acte de naissance d'un nouveau genre littéraire. Dès les premiers mots qui s'inscrivent sur la feuille nous voilà en pays de connaissance, non que nous connaissions la Franche-Comté — en quoi on devine la volonté de l'auteur de prendre le contre-pied goguenard du Mississippi majestueux qui coule dans la prose lyrique et torrentielle de Chateaubriand —, mais « la petite ville de Verrières » qui inaugure l'incipit du roman en œuvre nous est maintenant familière. Ou comment du milieu de nulle part faire un endroit mythique qui pèse autant que le grand fleuve américain. Les moyens ? C'est drôle, toujours les mêmes, on songe à tous ces romanciers contrariés qui ont tenu à distance leurs rêveries, leurs aspirations poétiques, mis leur langue dans leur poche. Au lieu qu'un Bouilhet se drape dans son intransigeance. Ce qui, à part se voir attribuer par son ami Gustave le titre de plus grand poète du siècle, ne l'a pas amené loin, c'est-à-dire là où il se serait perdu, et trouvé peut-être, car visiblement on ne se trouve qu'en se perdant. Admirable de ténacité, il a tenu bon, s'est refusé

comme une vierge effarouchée à la prose, toute une vie au service des vers, ce qui ressortit aujourd'hui à l'exigence la plus haute. L'exigence de Bouilhet, on voit un peu. Mais s'il y tenait tant à ses vers, c'est sans doute qu'il sentait plus ou moins confusément qu'en dehors de compter sur ses doigts, il n'avait pas grand-chose à proposer. Ce qui laisse à penser que celui qui lâche sciemment ce qui fait son talent a l'assurance qu'il ne perdra rien au change, que celui qui lâche l'imagination pour le réel fait le pari que la poésie y trouvera toujours son compte. Le réel ? Disons sa relation. Dans la presse, par exemple. Si l'on modèle son style sur la sécheresse du code civil, le plus simple c'est de trouver son inspiration dans les chroniques judiciaires. Tiens, la *Gazette des Tribunaux*. Tout sur les errements humains, et on exhibera la preuve que rien n'est inventé. L'histoire lamentable d'Antoine Berthet, séminariste condamné à mort pour l'assassinat de sa maîtresse. Violence et passion. Des Julien Sorel il y en a deux cent mille, dit Stendhal. La vie est un roman. Juste à copier, décalquer. Réfléchir ? « Hé, monsieur, un roman est un miroir qu'on promène sur une grande route. »

Grande route
On quitte les chemins de traverse, les sentiers buissonniers qui menaient aux sources de l'imaginaire et aux rives du Meschacebé. C'est un boulevard qui s'ouvre, oui, une grande route. Très vite empruntée, et tellement, qu'elle devient un passage obligé, voie unique où, circulant entre les deux haies de miroirs du nouveau credo romanesque, on ne voit plus rien d'autre. Au-delà il n'y a plus d'au-delà. On devient son propre modèle. Car nous y sommes, à présent, dans notre galerie des glaces. Au lieu que pour le prince elle s'inscrivait dans son palais des songes, pour l'entreprenante bourgeoisie et sa course aux millions, il faut une route de la soie, une route de l'ambre, les affaires, c'est le mouvement. Donc une affaire de temps. Et pour le compter, pas question de s'en remettre aux systèmes d'évaluation extérieurs, comme la marche des astres. La société moderne dans son espace réfléchissant ne veut plus rien devoir qu'à elle-même. Le réel est son idée du monde. (On abandonne l'infiniment grand copernicien pour se pencher sur l'infiniment petit électromagnétique et microbien — pour Flaubert, hybride romantico-réaliste : vol d'aigle et art du détail). C'est la presse qui assurera désormais la mesure du temps : quotidien, hebdomadaire, mensuel.

Mesure du temps et rendu objectif des faits : tout un roman. En investissant la grande fresque balzacienne, les journalistes apportent avec eux leurs instruments de mesure et les imposent à tous les acteurs de la comédie humaine. C'est Chateaubriand qui s'est battu pour la liberté de la presse. Le journalisme, cheval de Troie du roman réaliste ? Dorénavant, les faits divers fournissent personnages et intrigues. Quand Bouilhet suggère à Flaubert d'écrire un roman « à la Balzac » (ce qui dit bien que le genre est solidement installé, au lieu que Stendhal et Balzac, vingt ans plus tôt, éprouvant « l'impossibilité du drame » durent le forger de toutes pièces), il va chercher son inspiration dans les pages régionales : « Pourquoi n'écrirais-tu pas l'histoire de Delaunay ? — Quelle idée ! » s'écria Flaubert avec joie. L'idée fit son chemin, suivit la grande route : on enquête avec « l'impartialité qu'on met dans les sciences physiques ». La littérature fait allégeance aux nouveaux canons de la raison scientifique et de l'administration. Les lyriques résistent. Barbey, évidemment, qui dans *L'Ensorcelée* fait dire la messe par un revenant. Mais que fait la Vierge ?

Que fait la Vierge
Elle ne se dégonfle pas. Comme à chaque fois que le monde se lance tête baissée, elle apparaît pour rappeler que ce n'est pas la fin qui compte, que rien ne peut donc justifier les moyens pour l'atteindre, que tout est affaire de conception, qu'elle est l'éternel commencement, toujours grosse du monde comme sous le porche sud de la cathédrale d'Amiens, portant sur son bras l'enfantine, la divine parole amoureuse. Elle apparaît justement en 1830, où tout se joue, prouvant ainsi qu'elle n'a pas dans le débat complètement perdu pied. Elle apparaît en pied à Catherine Labouré, une petite sœur de vingt-quatre ans des Filles de la Charité, dans son couvent de la rue du Bac. Rue du Bac, où mourut Chateaubriand ? À deux pas de la rue de Sèvres et de l'Abbaye-aux-Bois où, à cette époque, il visitait chaque jour Mme Récamier ? Est-ce qu'entre abbaye et couvent, dans ce mouchoir de poche, Marie ne se serait pas trompée ? Mais la plus belle femme d'Europe n'y voyait plus clair depuis quelque temps, presque aveugle, bercée par la voix du chevalier, lequel gardait ainsi à ses yeux son éternelle jeunesse, il n'eût donc servi à rien d'envahir de lumière sa chambre aux souvenirs. Pas folle Marie, mais elle ne pouvait ignorer qu'à deux pas de là s'éteignait à petit

feu le lyrisme vieillissant. Dans ses *Mémoires* Chateaubriand ne parle pas de l'apparition qui l'a frôlé comme toute sa vie l'histoire du monde. En a-t-il eu vent ? Car le message de Marie était destiné à être diffusé, sa demande bien précise, une médaille dont elle a conçu elle-même le design, un M sur deux cœurs. Deux cœurs ? Juliette et François René ? «Toutes personnes qui la porteront recevront de grandes grâces», promet notre Marie, conçue sans péché — la précision vient d'elle, qu'elle fait inscrire au-dessus de son logo. Car maintenant, non seulement elle apparaît, mais elle parle. Depuis qu'on a opéré son fils, qu'on l'a désincarné comme on désosse une pièce de viande, c'est elle, notre mère la femme, qui prend la parole. Après avoir apporté son soutien à l'enchanteur — car c'est pour lui cette apparition citadine, quand d'ordinaire elle choisit des coins perdus —, avoir fait une brèche dans la ligne de défense du réel qui se met en place, elle continue son tour de France. Pour ses prochaines manifestations, dans la grande tradition, ce sera un trou, La Salette. Puis autre trou, une grotte à Lourdes.

Lourdes

« Voilà qu'en poétisant, je rencontrai une jeune femme assise au bord du gave. » Toujours visionnaire notre Vicomte, même si l'apparition de l'Occitanienne était sans doute préméditée, et qu'elle eut lieu trente ans avant la dame blanche, et bien sur le même torrent mais quelques kilomètres en amont, à Cauterets, où Chateaubriand soignait ses rhumatismes qui l'empêchaient de tenir la plume. De Lourdes, il ne fait pas mention dans ses *Mémoires* même s'il dut forcément traverser la petite bourgade du Béarn pour se rendre aux eaux. C'est que jusque-là, Lourdes, c'est comme Flaubert donnant ses conseils à Pauvre Louise, ce n'est pas plus Lourdes qu'il n'est Flaubert. Ou si, mais pas encore. Mais le temps d'écarquiller les yeux en ce jeudi 11 février 1858 et tout va changer. Lourdes est une création poétique. Il y eut ce coup de vent qui étrangement ne fit pas remuer les peupliers, puis un autre, et devant la jeune fille qui ramassait avec sa sœur et une amie du bois mort rejeté par le gave de Pau, et des os de mouton dont elle tirerait de la chiffonnière trois sous, apparut à trois mètres du sol, dans une niche de la falaise, au lieu-dit Massabielle, une belle dame, dira Bernadette qui se pince, se frotte les yeux, mais rien n'y fait, l'autre, la belle, lui sourit toujours. Depuis son accouchement sans assistance à Bethléem, on nous a laissé croire que Marie avait une préférence pour les bergers, les seuls à s'être déplacés, et qu'en reconnaissance elle leur réserverait la primeur de ses apparitions impromptues. À La Salette, ce sont bien deux petits pâtres, mais la ravissante Bernadette, que la malnutrition a condamnée à ne pas dépasser le mètre quarante, n'a jamais gardé les moutons. Elle se contente de ramasser les os des cadavres que le torrent dépose sur ses rives. Ce qui nous renvoie moins à la crèche qu'aux vanités. Mais de ce moment, de cette source qui jaillit sous ses doigts et va faire des miracles bien mieux que les eaux pourtant réputées de Cauterets, Lourdes ne sera plus une cité tranquille. L'espérance va s'y abattre comme la misère sur le monde. Les miracles ? Hum, on se montre prudent. Il ne suffit pas qu'un muet retrouve la parole, on exige de lui la preuve scientifique de son silence. À l'heure où l'obscurantisme recule devant les lumières de la science, la médecine n'est pas disposée à s'en laisser conter. Quelques cas cependant résistent. Il ferait beau voir. Zola mène l'enquête.

Zola mène l'enquête

Autant dire, Miss Marple, le juge Ti. Le même a enquêté aux Halles et dans les grands magasins parisiens, à Anzin, où montant dans la cage qui descend dans la mine il note dans son carnet : « Puis une fois dans le noir plus rien », gare Saint-Lazare, où sur la ligne Paris-Le Havre il a piloté la locomotive, dans la Beauce, où s'il n'a pas été jusqu'à tenir le manchon d'une charrue il observe que « les outils sont sous un hangar ». Et la Vierge, dans sa grotte ? Voilà qui chiffonne, cette folle rumeur, son naturalisme doctrinaire, qui est la « formule de la science moderne appliquée à la littérature », « notre formule naturaliste est la formule des physiologistes, des chimistes et des physiciens ». On n'est pas des poètes. Pas des rêveurs comme cette pilleuse de cadavres hallucinée qui à présent dort sous sa cloche de verre, dans son couvent de Nevers, et si son corps ne se décompose, c'est sans doute qu'on l'a remplacé par une statue de cire. Un naturaliste est un saint Thomas qui demande à voir, même si Bernadette a vu aussi, mais elle était asthmatique, Dieu sait ce qu'elle avalait, et quand on dit Dieu, c'est une formule dont on peine à trouver la composition chimique, le mieux, pour en finir avec ces sornettes, serait donc d'aller sur place, de leur faire rendre gorge, de sorte que le 19 août 1892 Émile Zola prend le train, normalement, c'est-à-dire dans un wagon, pour Lourdes. Lourdes, hormis ces visions d'un autre âge et ce témoignage flagrant d'arriération, d'obscurantisme et de confusion mentale, est un haut lieu du naturalisme pour qui s'inspire de Claude Bernard et de son *Introduction à l'étude de la médecine expérimentale*. À quoi son disciple littéraire au diapason répond : « Nous enseignons l'amère science de la vie, nous donnons la hautaine leçon du réel. Nous sommes des savants. » Et pour ce qui est de la vie amère, sur le quai d'Austerlitz le romancier est servi, qui se penche sur une jeune fille au sujet de laquelle l'hôpital Néerlandais a établi ce diagnostic : « Tuberculose pulmonaire avec ramollissement et cavernes. » La phtisie dans sa phase terminale. À ce stade, elle est définitivement alitée, ne s'alimente plus, n'a plus que la peau sur les os et remplit de sang son crachoir. On comprend qu'à part la vie, Marie Lebranchu n'a plus grand-chose à perdre. À moins d'un miracle, une vie de douleurs s'achève. Mais justement, il se dit qu'à Lourdes, des miracles.

Les miracles
Zola est sûr de son fait. Sur le quai où s'entassent les brancards en partance pour la dernière chance, au moment où il se penche au-dessus

de la moribonde, on l'entend marmonner que si celle-là s'en sort, il est prêt à croire. Ce qui ne mange pas de pain. Une blague, bien sûr, car Marie Lebranchu, pas besoin de s'affirmer comme un scientifique du réel pour lui dénier la plus infime parcelle d'espérance. À moins d'imaginer que sa sainte patronne pleine de grâce puisse aussi à l'occasion se révéler pleine de malice, car parmi tous les grabataires qui plongeront dans la piscine aux miracles, comme un fait exprès, la seule à en sortir comme un chat mouillé, mais sauvée, ce sera notre Marie. « Monsieur, dit le docteur Boissarie, le président du bureau médical de Lourdes, au romancier, voici guérie celle que vous disiez mourante. Plus de râles, respiration normale, tout est neuf et sain dans ce poumon hier dévasté par la maladie. » Et Émile Zola pleura. Dans une situation voisine Chateaubriand, qui croit à « la vérité des larmes », ne barguigne pas : « J'ai pleuré et j'ai cru », et le Vicomte n'est pas du genre à revenir là-dessus. De retour à Paris l'émule de saint Claude Bernard, pris de remords, revient, lui, à de meilleurs sentiments, c'est-à-dire que dans « Lourdes », la première des *Trois villes,* où il évoque la guérison miraculeuse de celle qui entre-temps est devenue sous sa plume La Grivotte, il met sa rémission sur le coup d'une excitation passagère, et lui concocte une rechute fatale dans le train du retour, la malheureuse, « la face livide et torturée, crachant le sang à pleine gorge », rendant son dernier pauvre souffle à son arrivée à l'hôpital. Cela, c'est le roman du réel. Et la guérie pour de vrai ? Une erreur de la nature. Laquelle se portant comme un charme s'étonne de se découvrir littérairement morte. À quoi Zola répliqua qu'il était le maître absolu de ses personnages, et que « Mlle Lebranchu a bien tort de se plaindre, puisqu'elle est guérie ». Ce qui lui attira cette réponse du docteur Tant mieux mais outré : « Monsieur, quand on a le respect de la vérité, on ne présente pas un roman d'invention comme un livre de science et d'histoire. » Et notre miraculée consomption ? Pour elle, tout ira bien jusqu'en 1920. Où la vie se gâte. Mais vingt-huit ans après que Zola, qui a des idées bien arrêtées sur ce qui peut être et desquelles il ne démord pas, l'eut exécutée d'un trait de plume. Naturellement.

Naturellement
Pour Stendhal ce fut minuit moins cinq, pour Zola « c'est l'heure de vision nette où l'idée se dégage de la forme ». La beauté ? non, vrai-

ment, il ne voit pas. Parlez-lui de la vie, il ne connaît qu'elle, qui est évidemment de ce monde. Sur un récit scientifique, on se contentera de passer, pour la forme, le vernis de la langue, de meubler en style d'époque. Après le Balzac chateaubrianisé, du Claude Bernard flaubertisé. Aux miraculés de se montrer beaux joueurs, de respecter le sens du réel ; au monde de se plier, s'adapter, se conformer à ces principes naturels, auxquels par un renversement de perspective on substituera une vision radieuse, un modèle à copier, grâce à quoi il suffira de peindre un tracteur souriant pour voir aussitôt dans un tracteur triste au milieu des champs un ennemi de la vérité. D'un côté le corps souffrant, disséqué, analysé, de l'autre, en fond sonore, comme un chant fossile, l'écho d'une plainte. Désincarnation accomplie ? Hum, tout n'est pas aussi net que le savant naturaliste voudrait nous le faire croire. « L'heure de vision » ? On dirait Bernadette courant à la grotte pour ne pas rater son apparition. Alors, histoire de voir, manière de croire ? D'ailleurs, Bernadette aussi a sa petite idée sur la façon dont elle aimerait qu'on rapporte son aventure : « Ce qu'on écrira de plus simple sera le meilleur. » Ajoutant, pour la forme : « À force de vouloir fleurir les choses, on les dénature. » Mais quelle était la vraie nature de Bernadette, que les gazettes de l'époque appelaient la petite voyante ? La nouvelle a dû voler jusqu'à Charleville dans la pieuse famille Rimbaud où le jeune Arthur qui, enfant, s'enfonçait les poings dans les yeux pour percer ce voile noir, doute à présent d'être au monde, travaille seul à se faire voyant, s'habituant à « l'hallucination simple » qui métamorphose une usine en mosquée, parce que son père aurait traduit le Coran, comme Bernadette en fille de meunier voyait une dame toute blanche, qu'avant la révélation de son identité elle appelait Aquero. Ce qui en béarnais veut dire Cela. Alors qu'est-ce que Cela qui apparaît ? Qu'est-ce que c'est que ça, cette conception, qui surgit de l'immaculé de la page comme surgissent les bisons des parois d'Altamira et la belle meunière de la grotte de Massabielle, au-dessus d'un buisson de roses ? L'écriture comme une apparition ? L'écriture, un art marial ? Ça, alors. Ça ? Juste une pensée marabout, bout de ficelle, une pensée pro domo.

DU MÊME AUTEUR

Aux Éditions Gallimard

LA DÉSINCARNATION (Folio nº 3769).

Aux Éditions de Minuit

LES CHAMPS D'HONNEUR, *roman.* Prix Goncourt 1990.
DES HOMMES ILLUSTRES, *roman.*
LE MONDE À PEU PRÈS, *roman.*
POUR VOS CADEAUX, *roman.*
SUR LA SCÈNE COMME AU CIEL, *roman.*
LES TRÈS RICHES HEURES, *théâtre.*

Flohic Éditions

LE PALÉO-CIRCUS.

Cité des sciences/Somogy

ROMAN-CITÉ dans PROMENADE À LA VILLETTE.

Éditions joca seria

CADOU, LOIRE INTÉRIEURE.
RÉGIONAL ET DRÔLE.

Éditions du Seuil

CARNAC, OU LE PRINCE DES LIGNES (illustrations de Nathalie Novi).

Éditions Actes-Sud

LES CORPS INFINIS (sur des peintures de Pierre-Marie Brisson).

Albin Michel Jeunesse

LA BELLE AU LÉZARD DANS UN CADRE DORÉ (illustrations de Yan Nascimbene).

Composition Floch.
Impression Société Nouvelle Firmin-Didot
à Mesnil-sur-l'Estrée, le 7 novembre 2002.
Dépôt légal : novembre 2002.
Numéro d'imprimeur : 61585.
ISBN 2-07-042545-2/Imprimé en France.

14193